中国第一部个人微信……
中国第一部世界杯麻辣、

另一只眼看足球

——2014年巴西世界杯随笔

李梦悟 著

中原出版传媒集团
大地传媒

大象出版社
郑州

图书在版编目（CIP）数据

另一只眼看足球：2014年巴西世界杯随笔／李梦悟著．— 郑州：大象出版社，2015.3
ISBN 978-7-5347-8319-7

Ⅰ.①另… Ⅱ.①李… Ⅲ.①随笔—作品集—中国—当代 Ⅳ.①I267.1

中国版本图书馆 CIP 数据核字（2015）第 037844 号

另一只眼看足球
——2014 年巴西世界杯随笔

李梦悟 著

出 版 人	王刘纯
责任编辑	迟国庆　易东升
责任校对	张迎娟　牛志远
封面设计	王晶晶

出版发行	大象出版社（郑州市开元路 16 号　邮政编码 450044）
	发行科　0371-63863551　总编室　0371-65597936
网　　址	www.daxiang.cn
印　　刷	新乡市豫北印务有限公司
经　　销	各地新华书店经销
开　　本	890mm×1240mm　1/32
印　　张	7
版　　次	2015 年 10 月第 1 版　2015 年 10 月第 1 次印刷
定　　价	28.00 元

若发现印、装质量问题，影响阅读，请与承印厂联系调换。
印厂地址　新乡县翟坡镇兴宁村
邮政编码　453000　　　　电话　0373-5635065

序一：众声时代

张 斌

　　与李梦悟先生素不相识，读着文稿，平添了几分熟识感。这样的文字曾经终日围绕着我们，抒发着，恣肆着，澎湃着，一时之间，世界杯和足球居然可以是夏日里某一时刻的所有，如影随形，随着手机的吐纳，我们的思维和话语方式都在潜移默化地被改变。若干年前，不曾想见的传播方式如今已是生活中的最常态。
　　我想如果追随李先生的微信，或者加入其朋友圈，一定会不断有智慧和独特的个人角度时时浮现出来。只可惜与李先生的交集发生在了 2014 年世界杯赛后，让我错失了在大赛烽烟中受教的良机，说不定他的某些闪光的语言会被我大大方方地引用在主持的舞台上。我一向惧怕微博、微信，没有一颗强大的心脏，根本不敢看评论，夹枪带棒的语句瞬间会让我心情跌入谷底。我承认自己没有好修养，可以完全视之为无物。世界杯前，小心翼翼开了微博，将自己日常的一些小文字与大家分享，初期一切都好，偶有不愉快，瞬间也可以化解。世界杯展开，民意喧腾，我很容易便可以感知到观众朋友们的存在，他们隐在点赞之后，他们活跃在自我陶醉的评论之间，他们严厉在责问之中。

以往在主持之中，有些信息模模糊糊未经确认之时，我往往会在言语之间做些处理与遮盖，蒙混过关，观众即使抓住小把柄，也会因为无法及时批评，而让我轻松溜过。如今，一切都不一样啦，言语表达中哪怕是分毫之差，也会被细心的受众捕捉住，毫不留情地在微博、微信中一一指教，节目中偶然斗胆看了，不禁冷汗涔涔，再也不敢偷懒耍滑。高人真是在民间啊！

如果光是信息正误，事情也就简单了，可是面对千万量级的电视观众，你的语言既要流畅，也要温暖贴心，最好还能新鲜独家。真是好难啊，我常常感到力不从心。从比赛结束的清晨到直播开始的傍晚，有关世界杯的所有资讯与情愫都已经历了数轮的公共媒体与个人媒体的立体加工与传播，智慧的火花早就照亮了每个人的世界。开播前，我焦虑不安的重点就在于自己苍白无趣的语言如何在节目中过观众这一关，曾经内心有过的一点点自鸣得意荡然无存。只好硬着头皮老老实实做功课，努力将自己所要表达的以及看来的诸多资讯一一写成文字，既帮助记忆，也有益梳理。这显然还不够，在一个众声的时代中，主持人这个职业就是一个人的智慧碰撞所有人智慧的职业，因此需要时时汲取营养。我必须承认，在自媒体空间里我受教很多，常有精妙原创的表达被我直接引用，我相信那些不知名姓的虚拟发言者只是没有机会来到我的岗位上，他们当中的不少人都有足够的智慧可以将足球和世界杯讲得更加有趣。

李先生很有想法，原本是在手机或者电脑里存在的智慧和文字要呈现为印刷形态，好像是在给个人私媒体树立纪念碑。我这样年龄的人是有铅字崇拜欲的，之所以平常日子里还愿意写些文字，最原始的动力就是看到那些花花绿绿的杂志里能有一页每周专属于自己。有本自己的出版物，真是不错，也算是李先生自己2014年的一座小灯塔，一座小地标，总之对人对己都是交代。未来得到这本书的朋友，也可以因循李先生的文字将自己世界杯碎片化的记忆随时串联起来，这是非常有必要的。因为信息膨胀，获取信息和情绪的方式实在便捷与多样，我的大脑或者不少朋友的大脑逐渐生成越来越有选择性的忘记机制，世界杯刚刚过去不足一个月，不少过程乃至结果居然想不起来了,颇有些绝望。因此,我需要一本李先生的书在手边,帮我随时回到与众不同的 2014 年夏日里。

因此,谢谢李先生!

(作者为中央电视台资深体育记者、著名节目主持人)

序二：真爱真情真写家

张 路

全中国看球做记录的人恐怕已少之又少，笔者是这为数不多的迂人之一，因为这是我的工作，后面做回顾、写球评都用得着。但如果不是工作，或者看完球之后，再让我提笔写东西，那是打死也不想干了——一来脑力耗尽，二来激情已过，这不能说是不勤奋吧？

但世间就有更勤奋之人——看球之后，工作之余，仍能不辞辛苦，秉笔为文，其刻苦精神，实为我辈所不及矣！

李君梦悟，微信写手，世界杯期间每在赛后撰文，回顾赛况，评点得失，凡四十余篇，洋洋十万余字，或激昂慷慨，犀利入骨，或温婉含蓄，细致入微，使读者如重回战场，再历烽烟，蓦然回首，一览无余。没有对足球之真爱，哪有这样的激情、这样的韧性！

更难得者，梦悟并非就球论球，其微言大义，意在球外，平章世象，指点人生，出离金戈铁马，又有一番意境。所述多为亲历，所言俱是真情。

为文者，应景易，感人难。梦悟以真爱真情著文，感动了无数读者,观者如堵,好评如潮,世界杯论球独成一体,是真写家也!

(作者为中央电视台资深足球评论员)

序三：国强把门儿

李 迪

认识国强已有数年，算是老朋友了。他为人热情、率直、豪爽。去年某天，他对我说，你上微信吧，里面信息很多，还可以跟朋友随时交流。我说好。忙乱几日，未上。他又打电话说，你还没上微信啊？快上吧！我又说好。忙乱几日，仍未上。又见到他，他再说，你怎么还没上？啊？不会？我现在就教你！

就这样，手把手，他带我走进微信世界。方寸乾坤，信息如潮，你来我往，收获良多。

在信息激流中，国强是奔腾的浪花。他的微信发布量之大、涉猎面之广，让我目不暇接。更没想到，今夏巴西世界杯期间，他白天工作，夜晚观球，用眼的追逐、指的跳跃、心的起伏，竟弄出一本在我这个伪球迷看来很专业的"微信球评"集子！

同样守着电视，感受各有不同。我时困时醒几欲入梦，谁赢了谁也稀里糊涂。而国强则且观且思，且梦且悟，一场球踢完，微信评球立马发出；世界杯结束，书也完成。原因何在？激情，爱好，自不必说。凡事认真钻研，一丝不苟，是我的另一答案。

国强从事编辑出版工作几十年，担任过文史类杂志的主编、美术出版社的总编辑。认真钻研、一丝不苟，是他的治学作风，更是他的工作态度。经他终审签发的书稿，可谓出版前最后一关。除内容不能出问题外，错别字乃至病句的修正更来不得半点儿马虎。拿球场作比，有如守门员把门儿，漏一个字，如漏一个球！临门一脚射来，你能否把得住？

把不住的人，干不了这个！

当初，我第一次去他办公室拜访，他正凝神审看书稿，根本没注意到我进来。只见办公桌上摆了一大摞词典：《现代汉语词典》《古代汉语词典》《现代汉语规范词典》《通用规范汉语词典》……我正迟疑，他抬头发现了我。

哦，来了，快请坐！话音未落，又转了题，你看，"美轮美奂"，写成"美仑美焕"。四个字，错了两个。编辑疏忽了，到我这儿再漏掉，印成书就麻烦了！说着，他笑了起来，又说，有一回，一本书稿里漏排了一个字，"大什么子向后一甩"。顺着上下文看，应该是"大辫子向后一甩"，不知编辑当时是怎么想的，随手把本应添上的"辫"字写成了"奶"字。我一看，差点儿笑掉大牙！

我笑着说，差点儿掉，就是没掉，所以你的牙现在还好好的！

哎，巧了！国强指着书稿说，我刚刚改了这本书里面的两个差错，一个就是"差点儿"。"点"后必须要有儿话音的"儿"，不能只写"差点"。再一个，"做事用点儿心"，"点"后也必须要有"儿"。没有，就出毛病了，成了"用点心"，就是吃点心的意思。做事吃点心？你到底是做事啊，还是吃点心？

我说，先做事，后吃点心。

他说，那可不行，肚子饿啊！还是先吃点心，再做事。

纠错，是我俩第一次见面的主要话题。想不到以后竟然成了规矩，但凡见面，必谈纠错。为什么？因为，每次约好在办公室见面，他总是把脑袋扎进书稿里等我。有一次中午，说好了，我买单请他叫朋友们过来小聚一餐。结果，我一进门，他又谈起纠错，谈得兴高采烈，一看表，快一点了。急忙打电话，人家说，还请什么呀，早吃过了！

世界侦探推理文学名著《福尔摩斯探案全集》，自1981年由他所在的群众出版社出版后，一直没修订过。三年前，社里决定修订再版。全书近1800页，国强加班加点，字斟句酌审读两遍，改正了多处差错，并与有关编辑一起对照英文原著，一一校订了翻译或表述不当之处，使本书更加符合现代汉语语言文字规范。该社出版的另一部世界文学名著《古拉格群岛》修订再版，国强亦是审读再三，心细如针。在原译本中，有这样一个句子："一个女犯的演讲打进了人们的心里。""打进……心里"？他感觉译文似有不妥。核对俄文原版，直译就是"打进……心里"。打进人们的心里是什么意思？不就是打动了人们的心吗？更恰当的译文应是把"进"改为"动"，把"里"字去掉。最后，这个句子改为："一个女犯的演讲打动了人们的心。"

准确，流畅，典雅——信、达、雅。一个"球"也不能漏！

说起国强"把门儿"，还有这样一段往事，不仅表明他治学严谨，更体现了他做人耿直、讲究原则。有一年，一位上级部门的领导请了一位知名书法家为自己的一本书法楹联书题写书名，准备出版。国强一看，所题书名的最后两个字，"百副"写成了"百幅"。当即指出，这是错字，他不能签字付印。那位领导的秘书不屑地说人家堂堂大书法家怎么会写错字？而国强，他不急不火，翻开《现代汉语词典》，找到"副"字释义，指给此人："副，量词，用于成套的东西，如，一副对联。"国强说，楹联就是对联，"一副"是它，"百副"也同样。写成"百幅"，就是错字。这个字必须改！我这是为出版社负责，为读者负责，也是为这位书法家负责！

结果呢？

还是按照他的坚持改了。

这就是国强。你看他这门儿把的！

（作者为中国作家协会会员、当代著名作家，发表、出版有《傍晚敲门的女人》《丹东看守所的故事》等多部中短篇小说和报告文学）

目 录

巴西世界杯之梦悟微评

003　梦悟微评之一：6月13日，巴西 vs 克罗地亚

006　梦悟微评之二：6月13日，西班牙 vs 荷兰

009　梦悟微评之三：6月15日，英格兰 vs 意大利

012　梦悟微评之四：6月16日，阿根廷 vs 波黑

015　梦悟微评之五：6月17日，德国 vs 葡萄牙

018　梦悟微评之六：巴西世界杯前五天观战微评

020　梦悟微评之七：6月18日，墨西哥 vs 巴西
　　　　　　　　　伊朗 vs 尼日利亚

023　梦悟微评之八：巴西世界杯A组出线形势分析

026　梦悟微评之九：6月19日，荷兰 vs 澳大利亚

029　梦悟微评之十：6月19日，西班牙 vs 智利

032　梦悟微评之十一：这是怎么了？
　　　　　　　　　（6月20日，6月19日观赛有感）

035　梦悟微评之十二：6月22日，伊朗 vs 阿根廷

038　梦悟微评之十三：6月22日，德国 vs 加纳

001

041 梦悟微评之十四：6月22日，伊朗 vs 阿根廷
德国 vs 加纳

043 梦悟微评之十五：6月23日，葡萄牙 vs 美国

048 梦悟微评之十六：6月24日，巴西世界杯小组赛第三轮
B组、A组战报

054 梦悟微评之十七：6月25日，巴西世界杯小组赛第三轮
D组战报

058 梦悟微评之十八：6月25日，巴西世界杯小组赛第三轮
C组战报

061 梦悟微评之十九：巴西世界杯之趣闻糗事（6月25日）

063 梦悟微评之二十：6月26日，巴西世界杯小组赛第三轮
F组战报

067 梦悟微评之二十一：6月26日，巴西世界杯小组赛第三轮
E组战报

069 梦悟微评之二十二：内马尔双膝跪地，祈祷上帝保佑！
（6月29日）

070 梦悟微评之二十三：巴西世界杯上、下半区对阵形势
及淘汰赛赛事预测（6月29日）

071 梦悟微评之二十四：7月4日，阿根廷 vs 瑞士

074 梦悟微评之二十五：巴西世界杯四强半决赛前瞻
（7月8日）

巴西世界杯之梦悟随笔

079 你的眼泪为谁飞：西班牙队巴西世界杯小组赛
　　　赛事回顾
　　　　——巴西世界杯随笔之一

084 "大神"梅西
　　　　——巴西世界杯随笔之二

086 悲情的C罗　伟大的C罗
　　　　——巴西世界杯随笔之三

090 英伦悲歌　何日能止
　　　　——巴西世界杯随笔之四

096 我们的目标一定能够达到：亚洲球队巴西世界杯战绩述评，兼谈中国国家足球队的未来之路
　　　　——巴西世界杯随笔之五

102 巴西，还能走多远？
　　　　——巴西世界杯随笔之六：6月29日，巴智之战

107 黑马来了
　　　　——巴西世界杯随笔之七：6月29日，哥乌之战

111 矛与盾的较量
　　　　——巴西世界杯随笔之八：6月30日，荷墨之战

115 足球是圆的
　　　　——巴西世界杯随笔之九：6月30日，哥希之战

119 尊重对手，就是尊重自己
　　——巴西世界杯随笔之十：7月1日，法尼之战

123 掌声献给阿尔及利亚
　　——巴西世界杯随笔之十一：7月1日，德阿之战

127 赢得尊重比赢得胜利更重要
　　——巴西世界杯随笔之十二：7月2日，阿瑞之战

131 红魔归来
　　——巴西世界杯随笔之十三：7月2日，比美之战

137 德国战队击败高卢军团
　　——巴西世界杯随笔之十四：7月5日，法德之战

142 年轻没有失败
　　——巴西世界杯随笔之十五：7月5日，巴哥之战

147 经验决定命运
　　——巴西世界杯随笔之十六：7月6日，阿比之战

152 玩的就是心跳
　　——巴西世界杯随笔之十七：7月6日，荷哥之战

160 希望越大，失望越大：一切皆有可能
　　——巴西世界杯随笔之十八：7月9日，巴德之战

168 幸运之神不会永远站在你这一边
　　——巴西世界杯随笔之十九：7月10日，荷阿之战

174 日子还要继续进行下去
　　——巴西世界杯随笔之二十：7月13日，巴荷之战

179 胜利与成功永远只属于那些有准备的人
——巴西世界杯随笔之二十一：7月14日，德阿之战

附录一

187 巴西世界杯开幕式、闭幕式美图欣赏

附录二

194 "举头看足球，低头思管理"
——世界杯与企业管理的十个相似点（管理心经）

附录三

196 鲁迅、金庸、古龙妙评巴西世界杯（幽默趣文）

附录四

199 不屈的河南足球（旧文重拾）

附录五

203 中国足协四大"怪论"之批判（旧文重拾）

后记

207

巴西世界杯之 梦悟微评

梦悟微评之一：6 月 13 日，巴西 vs 克罗地亚

2014 年巴西世界杯揭幕战巴西 3∶1 逆转击败克罗地亚，日本主裁判送给东道主点球引发争议，马塞洛惊造巴西队世界杯历史上首个乌龙球，内马尔梅开二度，奥斯卡锁定胜局。此莫名其妙之点球，要么是绝对误判，要么是绝对黑哨；而那个二货日裁，要么水平有问题，要么脑子进水了，要么就是良心大大地坏了！

巴西（左）、克罗地亚（右）球员围圈分站球场中央，揭幕战马上就要打响

马塞洛惊造巴西队世界杯历史上首个乌龙球,门将塞萨尔猝不及防

如风如电,内马尔带球疾奔

内马尔罚进点球

奥斯卡射门瞬间

奥斯卡庆祝进球

梦悟微评之二：6月13日，西班牙 vs 荷兰

上届
你输了一场我输了一场
你输在了开始我输在了结尾
我是亚军你是冠军
我是荷兰你是西班牙
如果
这就是命运
那么本届
如果还是各输一场
我就是冠军
如果
你连输两场
你就要提前回家

　　决赛提前上演，西班牙防线被荷兰队彻底撕破，范佩西、罗本梅开二度，荷兰队实现神奇大逆转，5：1反超西班牙，不可思议，难以想象，难以置信，众人眼镜碎了一地，但，这就是现实，这就是命运！谁敢横刀立马，唯我范大将军！

飞起来！飞起来！姿势美如画！范佩西鱼跃冲顶瞬间的完美身姿

罗本抬脚怒射

阿隆索点球命中

罗本和拉莫斯拼抢

梦悟微评之三：6月15日，英格兰 vs 意大利

　　遗憾，英格兰1∶2输给了意大利；祝贺，意大利2∶1战胜了英格兰。艺术足球，精彩纷呈，谁能走得更远，上帝也不好说。

　　小组赛头场的强强对话往往不会太乏味：首先，如果是小组赛末轮相遇，两强往往已经手握出线权走走过场了事，或者两强就得拼个你死我活争夺出线权，技战术层面必会大打折扣；其次，首场比赛没有红、黄牌减员，阵容完整；最后，首场比赛士气高涨，时隔四年都想完美亮相。意大利和英格兰直接碰面，两支都在经历新老交替的球队演绎的上半场可以说是开赛以来最精彩的半场，足球魅力展现无疑：缺少布冯压阵的意大利足够老辣，斯图里奇为首的英格兰新生代活力十足；意大利一次精彩的定位球配合，大师级球员皮尔洛的绝妙一漏，马尔基西奥的精彩远射首开纪录；英格兰一次完美的反击，斯图里奇恰到好处的跑位，打出致命一击，扳平比分；接着巴神就还以一个有如神来之笔的吊射。下半场巴神的过早进球使得比赛之精彩场面戛然而止，意大利重操最擅长的防守反击，本来就是靠速度反击的英格兰面对龟缩的意大利阵地战毫无办法，最后不得不吞下首战失利的苦果。最后时刻皮尔洛的任意球再现大师风范，只可惜横梁无情地将其挡出。

斯图里奇进球瞬间

这就是巴洛特利！这就是巴神！跳起来，迎球猛击，皮球直入网窝

富二代的榜样，潇洒的睡皮——意大利中场灵魂安德烈亚·皮尔洛

梦悟微评之四：6月16日，阿根廷 vs 波黑

2∶1，阿根廷小胜世界杯新军波黑，一场平淡、沉闷、没有多少亮点的比赛。一个梅西刚开场的任意球造成的对手乌龙，一个梅西的突施冷箭，阿根廷两个进球多少都有些运气的成分，故赢得有点儿窝囊。虽然进了一球，但梅西全场表现令球迷甚是失望，多数时间有如梦游。但愿梅西在接下来的赛事中不会继续让球迷们失望，能够带领阿根廷队走得更远一些！

♡ **微友跟帖精选**

当意大利、英格兰在小组赛火拼的时候，法国人在偷笑，预选赛不败又咋样，咱虽然最后时刻惊险过关，可是咱有欧足联主席普拉蒂尼罩着，分组好比啥都实惠，首战3∶0兵不血刃拿下洪都拉斯，小组出线不在话下。夺冠赔率仅次于巴西的潘帕斯雄鹰阿根廷面对首次参赛的波黑，让人大跌眼镜，上半场竟然摆出五后卫，中场也完全被压制，数据更是全面落于下风，要不是运气够好对方过早乌龙，梅西灵光一闪打破了进球荒，阿根廷可能要被爆冷了。不过让人惊喜的是梅西终于"开和"了，虽然梅球王用三届大赛才追平俱乐部小兄弟内马尔的进球数，但是兴许一发而不可收拾，成就霸业！

开场仅两分钟，梅西开出的任意球打在对方防守球员腿上弹射入网，造成世界杯有史以来最快的乌龙球

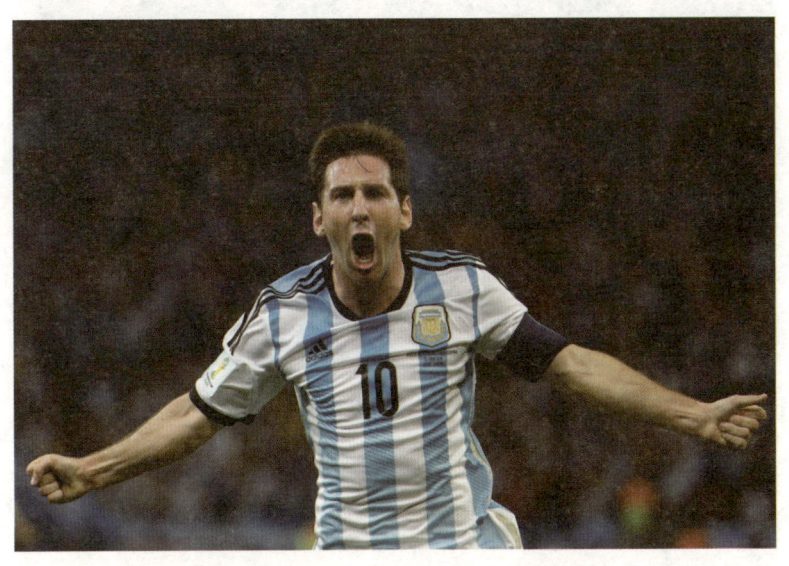

等了7年零364天，梅西在他的世界杯第九场比赛里，终于在第65分钟迎来了他的世界杯第二粒进球。进球后的梅西张开双臂，大声怒吼

法国前锋格里兹曼跳起头球冲顶

法国球星本泽马抬脚攻破洪都拉斯球门

梦悟微评之五：6 月 17 日，德国 vs 葡萄牙

德国队、葡萄牙队比赛即时微评：1. 这个点球可判可不判，但这种大赛，一般不宜判！这届世界杯这些个二货裁判判的点球也太多了！ 2. 佩佩太不负责，红牌该出。一个点球，一张红牌，意外连连，比分落后又少一人，这下葡萄牙难打了！ 3. 同样的位置，同样的犯规，一个判点，一个不判，不是黑哨，就是昏哨！ 4. 4∶0 这样的比分不要说德、葡两队，恐怕上帝也想不到！孤独的 C 罗、郁闷的 C 罗，难道又要成为世界杯上的悲情英雄，再度泪洒球场？5. 这场球就不说了，希望葡萄牙队下两场完胜，顺利出线！不是你的错，也不是俺的错，一切都是那二货裁判和鲁莽愚蠢的佩佩的错，找他俩算账去！

第 13 分钟，穆勒主罚点球命中，打进了他在本届世界杯第一粒入球

胡梅尔斯头球攻入德国对葡萄牙比赛的第二粒进球

佩佩头撞穆勒,被裁判红牌罚下

第45分钟，穆勒抬脚劲射破门，身姿、肌肉如雕塑般健美

第78分钟，穆勒门前补射，再次攻破葡萄牙门将帕特里西奥的十指关，完成本届世界杯首个帽子戏法

梦悟微评之六：巴西世界杯前五天观战微评

　　西班牙葡萄牙二牙断齿，意大利德意志双双得意。荷兰英格兰一喜一忧，巴西法兰西双双奏捷。智利阿根廷高原展翅，波黑小日本绿茵折戟。瑞士墨西哥先拔头筹，希腊喀麦隆饮恨败北。昏哨不断，意外连连，最后鹿死谁手，究竟谁能走得更远，且看且猜谜！

垂头丧气的C罗和他的队友们

♡ 微友跟帖精选

顶着世界足球先生巨大光环的C罗首战即遭遇兵强马壮的德国，近几届大赛德国一直是葡萄牙的苦主，这次更是兵不血刃。当队友无故送点、佩佩自找红牌被罚下、两名队友又因伤下场时，C罗肯定在感叹："不怕神一样的对手，就怕猪一样的队友。"比赛上半场即已失去悬念，下半场担心克洛泽要上来刷纪录，我觉得在球迷的心中世界杯进球最多这样的荣耀应该由最伟大的球员享有，克洛泽连世界一流前锋都算不上实在对不起这样的荣耀。穆勒这个名字反倒是德国足球的象征，也许将来有一天由他来破这个纪录会更令人信服。强队都已亮相，黑马还没出现，崛起的红魔比利时，看好你哟！

鲁莽的佩佩头撞德国球员穆勒，被裁判红牌罚下，导致葡萄牙队全面被动，大败于德国

"小猪"施魏因斯泰格在比赛结束后安慰失意的C罗

梦悟微评之七：6月18日，墨西哥 vs 巴西，伊朗 vs 尼日利亚

墨西哥 vs 巴西 0∶0，伊朗 vs 尼日利亚 0∶0，同样的 0∶0，不一样的精彩，不一样的球艺，不一样的感受，一场平淡乏味，一场上演了攻防大战的饕餮盛宴，墨西哥门神奥乔亚就此诞生，惊艳亮相，惊煞众人，内马尔、弗雷德们只有仰天长叹，徒唤奈何！

墨西哥门将奥乔亚一战成名

内马尔球场演绎桑巴舞

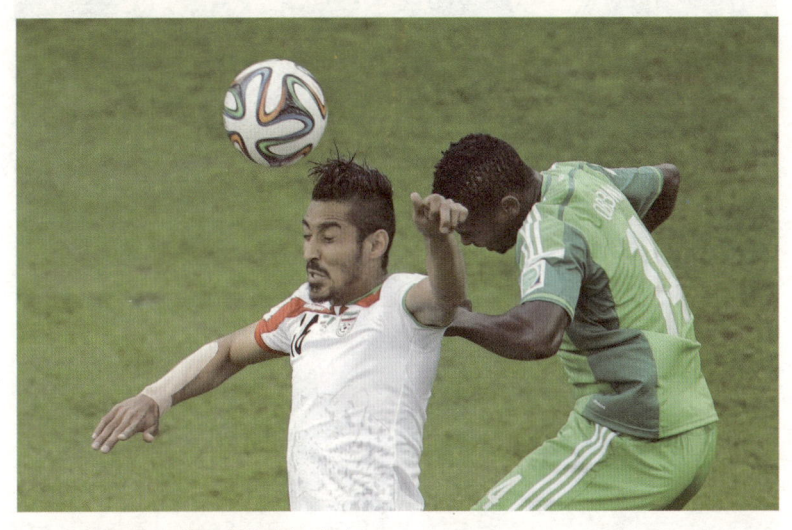

伊朗、尼日利亚球员赛场斗法

♡ **微友跟帖精选**

　　随着韩国和俄罗斯1:1战平，32强全部完成亮相，小组赛首轮最后两场比赛，被广泛看好的崛起的红魔比利时黑马成色不足，亚洲球队难求一胜，卡佩罗的球队再次遭遇黄油手。传统豪门西班牙、英格兰、葡萄牙首轮落败，接下来的第二轮不容有失，否则就很有可能提前打道回府。德国、法国状态正佳，荷兰令人刮目相看，意大利、阿根廷牢牢掌握出线主动权，亚非球队能否突破欧洲、南美球队的封锁，第二轮值得期待。明天凌晨西班牙对智利一战，必须获胜，方能保留一线生机，该队是像上届一样绝地反弹还是成为再一支折戟小组赛的卫冕冠军？大家拭目以待！

C罗在球场上兢兢业业

梦悟微评之八：巴西世界杯Ａ组出线形势分析

靠着门将奥乔亚的精彩扑救、惊艳发挥，墨西哥０∶０战平东道主、夺冠大热门巴西，使得巴西战胜墨西哥进而提前出线的美梦就此破灭，并将巴西逼入了十分尴尬、难堪的境地。如果喀麦隆与克罗地亚（两队在世界杯上均有精彩战绩）一战分出胜负，则必有一队积3分。这样，巴西对阵喀麦隆，墨西哥对阵克罗地亚必须至少为平局才能确保本队出线；如果此两战皆为平局，则巴西、墨西哥各积5分，双双出线，巴西以一个净胜球的优势位居小组第一。如巴西、墨西哥两队中有一队负于喀麦隆、克罗地亚两队交战中的胜方，则无论谁负，都必将被淘汰出局。巴西能保证战胜喀麦隆，墨西哥能保证战胜克罗地亚吗？都未必！球场上任何情况都可能会发生！从巴西队前两场的表现来看，着实令球迷们，尤其是巴西队的拥趸们有些失望。第一场靠着昏哨裁判的帮忙，靠着一个莫名其妙的点球开局才算窝窝囊囊地赢下了克罗地亚。下一战，非洲雄鹰、打进过世界杯八强的喀麦隆也不是软柿子，也不是好惹的主。如果喀麦隆超常发挥，接连战胜克罗地亚、巴西，也不是没有这种可能，这样就爆了世界杯的最大冷门了！反之，如果克罗地亚两战皆胜，则墨西哥势必会被淘汰！故，最后一战，巴西、墨西哥两队不能有任何闪失，稍不留神，就极有可能马失前蹄，饮恨球场！

墨西哥球员对内马尔严加防守

巴西门将塞萨尔飞身扑救,力保球门不失

墨西哥队多斯·桑托斯门前抢点破门，可惜被判越位无效，喀麦隆队暂时逃过一劫

热情奔放的墨西哥球迷

梦悟微评之九：6 月 19 日，荷兰 vs 澳大利亚

3∶2，今夜荷兰与澳大利亚上演对攻大战。荷兰队年仅 20 岁的小将德佩横空出世，发挥极佳，上场后扭转了本队一时被动的局面，并以一脚劲射为荷兰队奠定了胜局，居功至伟，无愧本场最佳球员。罗本、范佩西本场又各进一球，二人进球数均已达到了三个。澳大利亚本场虽在一度领先后又被荷兰逆转，但全场表现异常抢眼，可谓虽败犹荣，非常遗憾地成为了巴西世界杯第一支被淘汰的球队（尽管还存在理论上出线的可能，但实际上绝无可能）。另，范佩西本场又吃到一张黄牌，下一场荷兰对阵智利被迫停赛。

罗本单刀赴会破门，一扫上届世界杯决赛中两次射失单刀的晦气

澳大利亚老将卡希尔凌空抽射打入天外飞仙之球

卡希尔世界波破门

范佩西打入本场荷兰队第二球

德佩为荷兰队打入制胜一球

梦悟微评之十：6月19日，西班牙 vs 智利

　　你不会想到，我不会想到，恐怕连上帝也不会想到，今夜巴西世界杯上演的大剧之一是《公牛之死》，不过扮演斗牛士的不是西班牙人，而是智利勇士。2∶0，智利前锋巴尔加斯的一脚近门捅射和中场球员阿拉古伊斯的一脚大力补射，将西班牙年迈的卡西、哈维、科斯塔、伊涅斯塔们提前送回了老家。创造了球场神话的连续两届欧洲杯冠军和上届世界杯冠军，本届世界杯竟然连败两场，净吞七蛋，仅入一球，小组都未能出线，且场上狼狈不堪，实在令人惊讶，不得不感叹岁月不饶人哪！西班牙队中场之魂哈维本场作为替补球员一直坐在冷板凳上，竟然连泪洒球场的机会都没有得到，也着实令人狐疑不解。如果哈维上场，结果会是怎样？没有了哈维，今夜，曾经神一般的西班牙无敌舰队就此沉没！同时，两战两胜同积6分的荷兰队与智利队携手双双出线！

　　西班牙的惨败出局告诉我们：1.这个世界没有永恒的王朝，只有一代一代的更替！所以不管好坏，记住，一切都会过去！ 2.过去那些你曾经引以为骄傲和自豪的成就、荣誉和经验也许就是你今天失败的重要根源，所以要不停地学习，不断地变化！ 3.你可以战胜一切，但你赢不了时间！所以请珍惜有限的生命，绽放每一个精彩！不断学习虽不能改变一个人的起点，但一定能影响一个人的终点。

巴尔加斯捅射破门

阿拉古伊斯破门

西班牙队马丁内斯与智利队桑切斯拼抢

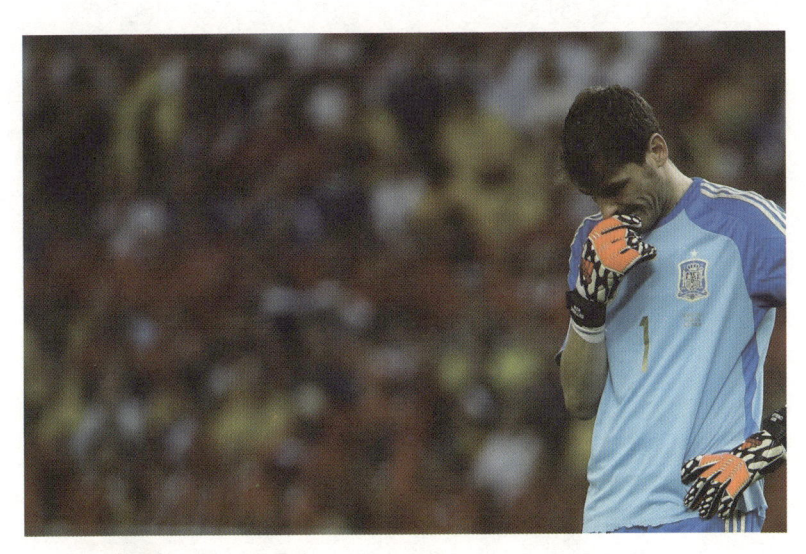

失望、郁闷的卡西利亚斯

梦悟微评之十一：这是怎么了？（6月19日，6月20日观赛有感）

英格兰 vs 乌拉圭，1：2；西班牙 vs 智利，0：2。这是怎么了？这究竟是怎么了？！世界足球联赛两大豪强的国家队竟然马失前蹄，接连败北，出人意料，实在是出乎所有人的意料，让人情何以堪！两场赛罢，西班牙的斗牛士已打道回府，英格兰也已命悬一线，除非出现奇迹，恐也难逃一劫！这种窘境，球迷们对西甲、英超的兴趣和信心恐也将大打折扣了，那些风光一时的足坛明星们的身价也将因此而大为贬值，并累及那些豪门球队的资产大为缩水！不过，值得英格兰庆幸的是，它还保留有那么一点点出线的希望；值得小胖子鲁尼庆幸、欢喜的是，连续参加三届世界杯、上场近700分钟的他终于打破了进球荒，终于"开和"了！在世界杯上留下这样一个进球，也算可以给信任他的人、给广大的英格兰球迷、给他自己的儿子有个交代了，不然小胖子还真的是无颜面对江东父老了！下一届，小胖子还会有机会再来吗？

此外，日本队0：0战平希腊，斩获一分，加上此前伊朗、韩国所得两分，代表亚洲出战本届世界杯的四支球队六场比赛仅获三分，虽然是三负三平，看上去还不是那么难堪，但实际上相当于五负一胜。亚洲球队究竟还能走多远？谁

苏亚雷斯头球破门

鲁尼终于攻入个人连续参加三届世界杯的首粒进球

困惑的杰拉德

能杀出重围,为亚洲球队争得一点儿荣光,挽回一点儿面子?是伊朗,是韩国,抑或是日本?让我们拭目以待!

♡ **微友跟帖精选**

　　如果评选近几届世界杯大赛最令人失望的球队,英格兰绝对会以高票当选。这支拥有许多天才球员的球队总是在这种大赛中莫名其妙地表现失常,就好像中了什么魔咒,令人失望至极,令人扼腕叹息。本届世界杯英格兰在小组赛又是两战皆输,仅存理论上的出线希望,当鲁尼终于打进自己的世界杯首球时,相信很多球迷都会期盼英格兰能够起死回生,但随即世界级后卫杰拉德的一个低级失误将球队彻底葬送,那一刻恐怕连鲁尼们都很怀念在家看球的特里。火线复出的苏亚雷斯上届比赛以一个排球动作将乌拉圭间接送进四强,这场比赛独中两元,为乌拉圭保住了出线希望,不愧苏神的美誉。时势造就英雄,谁又将在本届世界杯上成名立腕?接下来的比赛肯定会给出答案!

小胖子鲁尼倒地叹息,怎么这么快又要回家了

梦悟微评之十二：6 月 22 日，伊朗 vs 阿根廷

今夜，荣誉属于伊朗。今夜，掌声献给波斯战神！面对强敌，顽强的伊朗人众志成城，全场 90 分钟内力保球门不失。尤其是下半场，伊朗比阿根廷踢得更好，三脚最有威胁的射门几欲洞穿阿根廷的球门。若不是门将罗梅罗的神勇扑救，恐怕今夜哭泣的就是阿根廷人了。可以说，是罗梅罗挽救了阿根廷。全场梅西的几次射门也失去了准头，直到进入伤停补时阶段，梅西才有如灵魂附体，用一记神来之脚敲开了伊朗的球门。伊朗，此战绝对是虽败犹荣，值得骄傲，值得尊敬！凭此一战，即使下一场战罢波黑后仍不能在小组出线，他们也可以昂着头回家了！拿下波黑，挺进十六强，祝福伊朗！

梅西抬脚攻门

梅西与泰穆里安争球

球王马拉多纳现身球场，为阿根廷队助威

♡ **微友跟帖精选**

0∶1，意大利负于哥斯达黎加。当巴洛特利调侃英格兰的时候，怎么也不会想到转眼之间他也命悬一线了。这个死亡之组抽出来的时候，人们都在谈论三支世界冠军如何厮杀，哥斯达黎加就是送分童子、打酱油的角色，没想到两轮比赛下来，哥斯达黎加率先突围，英格兰黯然出局，意大利、乌拉圭最后要拼个你死我活。昨天（6月21日）的意大利迟迟进入不了状态，比分落后但又缺乏足够的办法，不断地落入越位陷阱。皮尔洛依然能够送出致命一传，但巴神只在考虑如何亲吻英国女王了，整场比赛无数次越位都没调整好跑位，当皮尔洛的直传形成单刀时他又在思考人生从而错失良机。意大利又延续了第二轮状态糟糕的传统，这次形势和2002年世界杯几乎一样，那届第三场比赛靠着皮耶罗的进球逼平墨西哥才侥幸出线，后来就是大家熟知的被韩国创造历史。2006年，他们第二轮也是状态糟糕，被美国1∶1逼平，后来高歌猛进夺取冠军。意大利将何去何从，是否会跟着西班牙、英格兰被爆冷出局？难说！十二年前哥斯达黎加和中国几乎处于同一水平线，现在却打得世界冠军满地找牙，而中国却离世界杯越来越远，唉！

在对英格兰一战中攻入一球后梦想亲吻英国女王的巴神

梦悟微评之十三：6月22日，德国 vs 加纳

2∶2，赛前有几人会猜测到世界排名第三的德国能够4∶0干净利落地拿下世界排名第七的葡萄牙，却拿世界排名第32位的加纳没任何办法，且差一点儿被顽强的非洲雄鹰加纳当场掀翻！全场穆勒、厄齐尔、赫迪拉等表现平平，被球迷们寄予厚望的穆勒、厄齐尔颗粒无收，浪费了数次难得的机会。一直踢到第51分钟，德国队才由22岁的小将格策攻进一球。第54分钟，加纳队阿尤用一记刁钻的头球迅速将比分扳平。第63分钟，加纳队前锋吉安大力抽射，再进一球，将比分反超。第71分钟，刚换上场两分钟的德国队36岁的老将克洛泽门前捅射进球，将德国队从死亡之谷又拉了出来。克洛泽大喜过望，再次表演惊艳的后空翻。这是克洛泽连续四届参加世界杯的第15个进球，至此他将自己的世界杯进球数追平了一代传奇球王罗纳尔多，与罗纳尔多并肩成为世界杯历史上进球最多的球员。然而罗纳尔多已经退役，克洛泽却还在战斗，只要他在本届世界杯随后的比赛里再打入一球，他就将成为世界杯赛场上独一无二的进球之王！克洛泽能够改写历史、续写球场传奇吗？让我们翘首以待！

德国队小将格策打入个人在世界杯上的首粒进球

阿尤一记刁钻头球飞入德国队球门

吉安大力抽射破门

老将克洛泽门前抢点捅射破门，追平罗纳尔多世界杯进球纪录

克洛泽进球后兴奋异常，世界杯赛场再现经典"克氏后空翻"

梦悟微评之十四：6月22日，伊朗 vs 阿根廷，德国 vs 加纳

　　一场0：0，一场1：2；一场已经进入伤停补时，一场正式比赛时间仅剩下不到20分钟。谁能想象得到，这时候着急的不是伊朗人，也不是加纳人，而是阿根廷人和德国人！阿根廷、德国，一个靠着梅西，一个靠着克洛泽——这两个世界天才球员的灵光乍现，本来要平的幸运地赢了，本来要输的幸运地平了！赢得平得何其艰难、何其幸运！比分最后定格为0：1、2：2。可以说，是梅西，是克洛泽拯救了阿根廷、德国，并为这两支世界传统强队挽回了些许颜面。接下来，阿根廷、德国等各支豪强还能有这么幸运吗？上帝的天平还能再次向他们倾斜吗？如果仅靠上帝的眷顾和个别超级球星的灵光乍现或神来一脚来赢球甚至平球，阿根廷、德国、巴西们在本届世界杯究竟能走多远，还真不好说，还真是个未知数！

　　（昨天夜里至今天凌晨，连续看了两场球，即伊朗对阿根廷、德国对加纳。上午一觉睡到十点多。中午品食了老婆蒸的卤面。下午陪老婆逛商场。晚上禁不住诱惑，又到"麻辣诱惑"品尝了麻小、麻辣豆腐、馋嘴蛙，吃得甚是痛快，满头大汗。夜里准备继续看球，明天上午照常上班。生活就是这么实在、惬意，有滋有味！

感想：不管今天这个世界上还有多少生活在水深火热之中的受苦人，我们能有今天的生活，还是要感谢毛主席，感谢共产党！还是要感谢某某某、某某某，等等！

感悟：快乐不分贫富，不分贵贱。快乐都是你自己找寻的，除了你自己，谁也奈何不了你！所以，没事儿你就自己偷着乐吧！）

♡ 微友跟帖精选

本届世界杯第二轮突然出现异常，冷门迭爆，传统强队状态全无，其他球队都像吃了兴奋剂般生猛。昨晚的比赛也十分让人出乎意料，也许传说中的假球操盘出现了，暂且调侃一下：阿根廷的比赛兴许全队都押了平，就梅西一个人押了更大的——自己要连续进球，结果最后时刻梅西终于努力成功；德国的比赛兴许全队都押了输，只有克洛泽押了自己进球要打破罗纳尔多的世界杯进球纪录，穆勒押了自己要继续进球，结果克洛泽进球，穆勒拼得头破血流。昨天36岁的老枪K神克洛泽连续四届比赛进球已经平了罗尼的进球数，破纪录指日可待！冷门还会继续吗？天知道！

梅西与伊朗球员德贾加缠斗

格策，德国国家队未来的希望之星

梦悟微评之十五：6月23日，葡萄牙vs美国

今夜，比利时1∶0战胜俄罗斯，名盛一时的欧洲红魔强者归来，两战两胜，昂首挺进16强。阿尔及利亚4∶2战胜韩国，至此，第二轮踢罢，亚洲球队无一胜绩，仅收获了尴尬的三场平局。

下面重点说一下今天凌晨进行的葡萄牙与美国的赛况。开场后第5分钟，美国队后卫卡梅伦解围失误，将球送到葡萄牙前锋纳尼脚下，为葡萄牙送上大礼，纳尼得此对手"妙传"之球，稍做调整，打入葡萄牙在本届世界杯的第一个进球。此战世界足球先生C罗仍然不在状态，几脚射门不是踢高就是打偏。第64分钟，美国队琼斯禁区左侧大力抽射，扳平比分。此战美国队门将霍华德有如神助，在上、下半场几次扑出葡萄牙队的必进之球。第81分钟，美国队队长邓普西在葡萄牙队门前用胸部推进反超一球，比分变为2∶1，这个进球几乎宣布了葡萄牙人的死刑。就是这个邓普西在对加纳的比赛中在开场第29秒打进了本届世界杯的最快进球，这个进球也是世界杯历史上排在前五的最快进球。90分钟正式比赛时间过去了，葡萄牙人已经绝望了。这时，场边的第四官员举起了补时的牌子：补时5分钟，幸亏是补时5分钟！奇迹也再一次发生！就在美国队坐在替补席上的球员已经准备起身冲进场内庆

琼斯为美国队扳平比分后握拳怒吼

祝时,场上的队友稍不留神,偶一打盹儿,葡萄牙队替补出场的瓦雷拉在补时的最后 20 秒接 C 罗助攻鬼使神差地为葡萄牙队攻进扳平一球,使葡萄牙队起死回生,保留住了一点点出线的希望。这也是 C 罗全场踢得最出彩、最重要的一脚。球星就是球星,球星不愧是球星!可以说,是瓦雷拉,是 C 罗拯救了葡萄牙!全场美国队踢得很有气势,推进速度很快,葡萄牙队却踢得慢悠悠的,一直都不兴奋,即使在比分落后的时候也是同样。这支毫无进取心的球队呀,咳,怎么说它呢?我们不禁要问一下神通广大的元芳:元芳,此事你怎么看?元芳必然会如此回答:先生,此事必有蹊跷!

邓普西带球突破，葡萄牙球员奋力猛追

瓦雷拉压哨破门，为葡萄牙队保留一丝出线希望

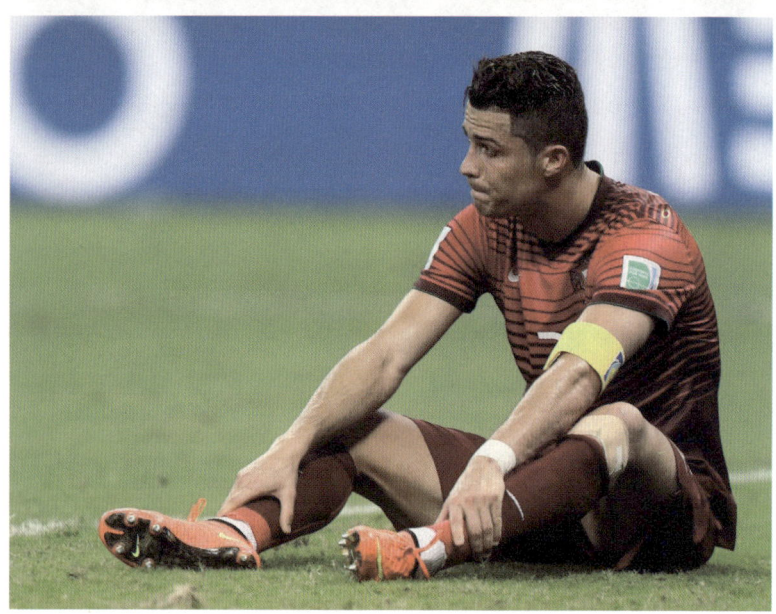

战平美国队后，垂头丧气的 C 罗

♡ **微友跟帖精选**

　　世界杯开打十天了，除了铁杆球迷估计都会选择昨晚休息。64场比赛已经过半，比赛进球相当可观，冷门也出了不少。纵观前两轮小组赛：美洲球队表现抢眼，巴西、阿根廷、哥伦比亚、智利、哥斯达黎加都有可能抢占小组头名，墨西哥、美国、乌拉圭、厄瓜多尔都有希望出线；欧洲球队表现差强人意，几乎每天被淘汰一支，已经出线的荷兰、法国、比利时能否捍卫荣誉，老牌冠军德国、意大利能否强势回勇，还有谁能顺利突围，都不好说；亚洲球队再次打酱油，在与非洲的直接对话中一平两负，目前澳大利亚已经出局，伊朗、日本、韩国都只手握一分，命悬一线；非洲球队亦表现平平，除了喀麦隆虽都有出线希望，但都需要拼死一搏。第三轮马上开始，每天都将会有球队离开，世界杯的精彩也刚刚开始！世界杯另一个魔咒是欧洲球队在美洲大陆难以夺冠，目前的趋势也是世界杯要演变为美洲杯，这个魔咒是否还会延续？

罗德里格斯攻破日本队球门后的灿烂笑容

梦悟微评之十六：6月24日，巴西世界杯小组赛第三轮B组、A组战报

　　B组：2∶0，荷兰战胜智利。不过荷兰虽然2∶0赢了智利，但赢得并不顺利，甚至说有些艰难，下半场的两个进球都有些运气的成分。双方在场上你来我往，一直处于胶着状态。直到第77分钟荷兰队才由刚上场不到两分钟的1990年出生的小将费尔打进领先一球。第90分钟，

小将费尔进球后庆祝

小将德佩进球瞬间

  1994 年出生，也是刚刚替补上场的小将德佩又为荷兰队攻进一球，锁定胜局。至此，荷兰在小组赛中三战三捷，位列 B 组第一。

  3∶0，西班牙战胜澳大利亚，终于赢了一场球，出了一口恶气。比利亚打进了他在本届世界杯的第 1 个进球，这也是他在西班牙国家队的第 59 个进球。但曾经的无敌舰队、强悍勇猛的西班牙人不得不接受黯然出局的命运。曾经风光无限、各种荣耀加身的西班牙黄金一代就此陨落。当看到比利亚被换下场流下的满面泪水时，相信全世界的西班牙球迷们也要跟着为之伤心落泪。或许从此以后我们在世界杯，甚至在球场上再也看不到哈维、比利亚、阿隆索、卡西们的矫健身影了。再见，哈维！再见，比利亚！谢谢你们曾经给全世界的球迷们带来的欢乐、带来的美好时光！"曾经沧海难为水，除却乌山不是云。"相信哈维、比利亚们在新的人生赛场上一定会再造辉煌！

比利亚进球

托雷斯进球

马塔进球后与托雷斯庆祝

内马尔推射打入首球

　　A组：4∶1，巴西战胜喀麦隆，内马尔梅开二度，帮助巴西如愿以偿地获得了小组第一。3∶1，墨西哥战胜克罗地亚，昂首出线，位列小组第二。接下来的淘汰赛中，A组第一巴西对阵B组第二智利，B组第一荷兰对阵A组第二墨西哥。究竟鹿死谁手？是否还会有传统强队意外翻船？美洲球队能否继续创造赛场传奇？真的要把这届世界杯变成有欧洲、非洲、亚洲球员参加的"美洲杯"吗？让我们拭目以待！

喀麦隆队马蒂普扳平比分

弗雷德进球

费尔南迪尼奥打入巴西队本场第四球

梦悟微评之十七：6月25日，巴西世界杯小组赛第三轮D组战报

上半场：意大利 vs 乌拉圭，0：0；哥斯达黎加 vs 英格兰，0：0。交战双方均无多少机会，场面甚是沉闷、平淡、乏味，并且各队都不着急。这是为什么？哥斯达黎加是因为七名队员遭到了兴奋剂检查而影响了心情，进而影响了技战术的发挥？英格兰是因为已经出局而无心恋战？意大利是因为打平即可出线而不愿积极进攻？那乌拉圭又是为什么呢？为什么也一直按兵不动呢？难道乌拉圭还保留有什么杀手锏而准备在下半场的某一刻突然使出来给对手致命一击？

下半场：第59分钟，意大利8号马尔基西奥因故意伤人被裁判直接出示红牌罚下。第65分钟，苏亚雷斯禁区内一记强有力的刁钻射门被意大利连续参加了五届世界杯的著名门将布冯神奇扑出。仅此一扑，就足见老布冯还是宝刀不老啊！此后，少打一人的意大利队开始采用拖延战术，引来乌拉圭球迷一阵阵的嘘声。比赛进行得断断续续、支离破碎。第81分钟，乌拉圭队长戈丁接队友发出的角球在禁区内高高跳起，几乎是用后背将球送进了布冯把守的意大利球门，真的是在终场前用这招儿杀手锏给了对手致命一击。意大利人终于为他们在球场上的不思进取、

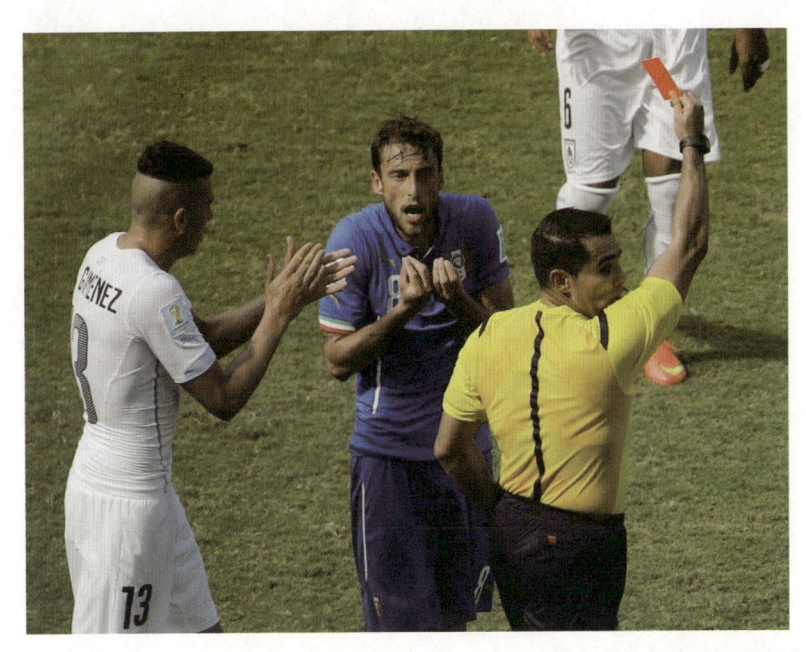

踢急了的意大利后卫马尔基西奥故意伤人吃到红牌，成为比赛重要转折点

戈丁进球绝杀意大利

保守懈怠付出了代价！这就是典型的自作自受，自己也不得不吞下自己酿造的苦果。可以说，是意大利人自己把自己送回了老家！屈辱啊！2006年的世界杯冠军意大利竟然在此后的连续两届世界杯小组赛都未能出线！此时此刻，首战意外战胜英格兰的意大利人还会再嘲笑英格兰人吗？看到布冯在接受记者采访时那布满沧桑的面孔，我们知道，布冯老了，真的老了，皮尔洛也老了！他们也许很快就要离开绿茵场，也许真的是到了需要告别的时候了！皮尔洛，再见！布冯，再见！

D组另外一场哥斯达黎加与英格兰的比赛直到终场比分仍为0∶0，平淡开场，平局收场，平庸全场！哥斯达黎加小组赛三战两胜一平以小组头名昂首出线！接下来，他们是否还能够笑傲江湖，纵横球场？以今晚该队的整体状态和表现来看，还真难说！

至此，世界三大足球联赛西甲、英超、意甲的国家队全部在小组赛即遭到了淘汰，且均连负两场。这在世界杯的历史上还是第一次。尤其是D组，最后遭到淘汰的竟然是意大利、英格兰，而不是乌拉圭、

巴克利与鲁伊斯对脚

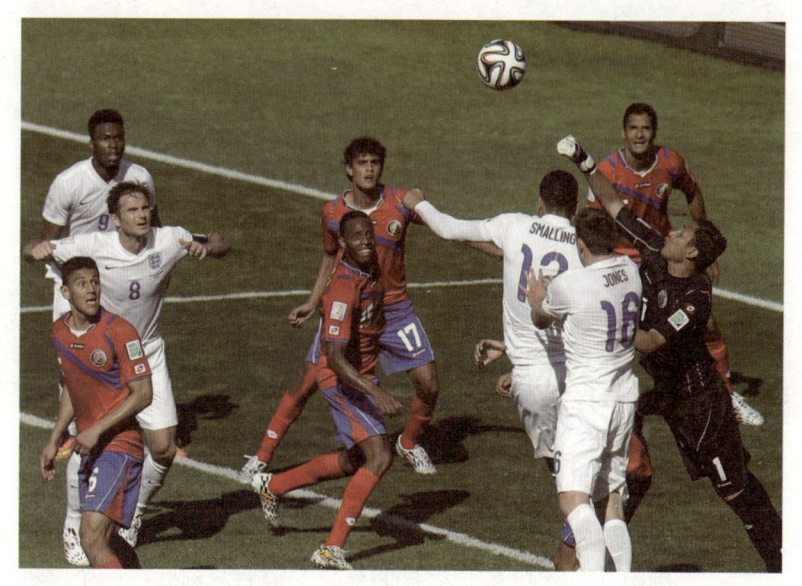

禁区内一片混战

哥斯达黎加。这种情况、这种惨状，赛前有几人能预测到？这让欧足联主席普拉蒂尼的面子往哪儿搁啊！也许，这一切正应了那句老话：一切事情，你寄予的希望越大，你的失望也就越大！现实再次给人们作出了铁的证明！

梦悟微评之十八：6月25日，巴西世界杯小组赛第三轮C组战报

4∶1，哥伦比亚战胜日本，三战全胜，战绩惊人。2∶1，希腊战胜科特迪瓦。不抛弃，不放弃，希腊队在比赛进入到第93分钟，在比赛即将结束的最后时刻获得一个宝贵的点球，并由创造这个点球的萨马里斯操刀罚进，上演绝杀，绝境逢生，自己主宰了自己的命运，自己拯救了自己，再现希腊奇迹！ 至此，挺进十六强的球队有五支为美洲球队，其中四支为南美球队，即巴西、智利、哥伦比亚、乌拉圭，按照分组规则，接下来这四支南美球队就要分别做对厮杀，即巴西对阵智利，哥伦比亚对阵乌拉圭。这也意味着必有两支南美球队进入八强，必有一支南美球队进入四强，同时也意味着这四支南美球队必有三支止步于四强之外。国际足联当初确定种子队，然后再抽签分组，是为了避免所谓的强队或一个大洲的球队过早相遇，谁能想到西班牙、意大利、英格兰这么不争气？谁能想到南美洲会有这么多支球队昂首出线，携手挺进十六强？不要忘了，还有铁定出线，并且有望进入决赛，甚至夺冠的阿根廷呢！

当意大利队也紧跟着西班牙队、英格兰队的脚步提前打道回府的时候，我们对其没有一丝一毫的同情和惋惜！意大利的惨败出局证明，做人不能太高调。当小组赛第一场意大利非常意外地赢了英格兰的时候，巴神巴洛特利就忘乎所以了，就不知道天有多高地有多厚了，还口出狂言、异想天开地要去亲吻英国女王！意大利的媒体也一窝蜂地跟着嘲弄嘲笑、讽刺挖苦英格兰人！岂不知，嘲弄别人也就是嘲弄你自己，羞辱别人的人到

与日本队比赛结束后，哥伦比亚球员跳舞庆祝本队以小组头名晋级十六强

扮相怪异的哥伦比亚球迷

萨马里斯操刀罚进点球后举手望天，祈望再现希腊奇迹

头来也会自取其辱！故请谨记：做人要低调，千万莫张狂！不管你的对手是谁，不管你自己如何强大，一定要学会懂得尊重对手，这样你才配得到别人的尊重！

梦悟微评之十九：巴西世界杯之趣闻糗事（6月25日）

　　人间有来自星星的你，球场有来自世界杯的你。奇葩朵朵开，雷人天天有。世界杯开赛以来，趣闻多多，糗事不断，雷人雷语频出。诸君请看：多情男浪荡公子巴神巴洛特利在意大利小胜英格兰后，突发奇想，欲吻英女王，还真的忘了自己是王二麻子，也不撒泡尿照照自己那副模样。坏小子苏神苏亚雷斯再逞天下第一咬功，张嘴猛咬意大利后卫基耶利尼，欲将本届世界杯变为牙尖上的世界杯。不知等待他的会是何种处罚，是逐出赛场，还是罚基耶利尼再回咬他一口两口？自大狂本田圭佑一阵痛饮、一觉醒来吹牛要捧大力神杯，建议其回家后削发明志，并更名为本田夜郎或本田龟佑，跪求千年乌龟能在千年以后保佑小日本能够了此心愿。葡萄牙的二愣子佩佩又将球场看成了角斗场，施展头功如公牛般猛顶德国猛男，染红下场，自己掰断了自己的牙齿。尼日利亚的门将恩耶亚马上届世界杯在对阵阿根廷时因靠着门柱思考人生而一举成名，今夜，再次面对梅西，他还会继续倚柱而思吗？

他咬我了，他咬我了！意大利后卫基耶利尼扒开膀子面对裁判大吼，控诉苏亚雷斯大开荤戒，张口咬人

梦悟微评之二十：6月26日，巴西世界杯小组赛第三轮F组战报

尼日利亚 vs 阿根廷，2：3；波黑 vs 伊朗，3：1。波黑人取得了他们在世界杯赛场上的第一场胜利，但也不得不与伊朗人一同回家。尽管尼日利亚负于阿根廷，但他们仍然以一胜一平一负积4分的成绩与阿根廷携手出线。

下面重点谈一下球迷们比较关注的阿根廷与尼日利亚的赛况。志在三连胜的阿根廷实现梦幻开局，开场仅3分钟，迅速插上的梅西门前补射攻入一球。上届世界杯仅仅打入一球，令球迷们大为失望的梅西，本届世界杯在小组赛中一场打入一球，至此已收获了三粒进球。第4分钟，尼日利亚快速反击，7号穆萨抽射中的，迅速将比分扳平。第37分钟，阿奎罗因伤下场。第45+1分钟，梅西利用任意球再次破门，给尼日利亚的球门贴上了一张"邮票"。这也是任意球大师梅西在世界杯上打入的第一个任意球。若不是尼日利亚门将恩耶亚马表现神勇，发挥出色，至少扑出了梅西等人三四个必进之球，恐怕上半场比分就不是2：1，而是4：1或5：1了。

下半场刚刚开始，第47分钟，尼日利亚的前锋穆萨又进球了，同梅西一样梅开二度。第49分钟，恩耶亚马又神勇地扑出了迪马利亚的一个必进之球。紧接着，第50

分钟，后卫罗霍抓住门前机会攻入一球，阿根廷再次领先。由于门前险象环生，频频告急，本场恩耶亚马已经没有时间靠着门柱思考人生了，岂不憾乎？第62分钟，梅西被换下休息。本场他以两粒进球庆祝了自己27岁的生日。至此，他在本届世界杯的进球已达到了四个，同巴西的内马尔暂时并列射手榜第一。他，或者内马尔、穆勒、范佩西、罗本等，会打破近几届世界杯最佳射手只有尴尬的五个进球的怪圈吗？窃以为，本场表现最佳的球员不是球王梅西，也不是黑旋风穆萨，而是著名的球坛思想家淡定哥恩耶亚马！

感悟：人生是需要思考的，但仅仅思考是没用的，最关键的还是要看你如何行动，如何把思考人生的结晶化作实际的成效。本场恩耶亚马的神勇表现证明，他不仅是一个球坛思想家，还是一个行动的巨人！今后，恐怕再也不会有人讥笑他在球场上"思考人生"了吧？

穆萨抽射破门

梅西任意球破门

16号罗霍为阿根廷队攻入制胜一球

恩耶亚马表现神勇，多次化解必进之球

梦悟微评之二十一：6月26日，巴西世界杯小组赛第三轮 E 组战报

  厄瓜多尔 vs 法国，0：0，一场闷战，平淡开场，平局收场，法国位列小组第一，在八分之一淘汰赛中将对阵非洲独苗尼日利亚。洪都拉斯 vs 瑞士，0：3，瑞士头号球星沙奇里连中三元，继穆勒之后，上演本届世界杯第二个帽子戏法，这也是世界杯历史上的第 50 个帽子戏法。瑞士三战两胜一负位列小组第二名出线，接下来在八分之一淘汰赛中要对阵由梅西领衔的南美劲旅阿根廷，恐怕是凶多吉少！

沙奇里抽射破门

瑞士头号球星沙奇里在瑞士与洪都拉斯一战中上演本届世界杯第二个帽子戏法

梦悟微评之二十二：内马尔双膝跪地，祈祷上帝保佑！（6月29日）

　　也许，这一个镜头是昨夜巴西与智利对决中最令人难忘的一幕：双方点球大战前，巴西队头号球星内马尔双膝跪地，祈祷上帝保佑！当我看到这一幕时，感觉巴西似乎是有点儿要缴枪的意思，并且心里还有点儿说不出来的酸酸的味道，为桑巴军团沦落至此感到悲哀和惋惜！令斯科拉里、内马尔感到万幸的是，上帝果然眷顾了巴西，是上帝，是门将塞萨尔，是球门横梁和球门立柱拯救了巴西！巴西虽然侥幸进了八强，但这下面子却丢大了！除非他们自己，谁也不能为他们挣回颜面！上帝，还会再次眷顾巴西吗？

梦悟微评之二十三：巴西世界杯上、下半区对阵形势及淘汰赛赛事预测（6月29日）

目前，上半区的巴西、哥伦比亚已取得两个八强席位，请有兴趣的朋友预测一下，哪六支球队能争得余下的八强席位之一？谁能挺进四强？谁能进入决赛？谁能捧杯而归？ 上届南非世界杯，在下在小组赛结束，十六强产生后，根据上、下半区各有关球队实力、小组赛表现和对阵形势等，成功预测西班牙、荷兰将进入决赛，并看好荷兰夺冠。因罗本在下半场的两个单刀未进，最后在加时赛时，西班牙由伊涅斯塔攻入制胜一球，捧走了大力神杯。在下悲催走眼！ 今再大胆预测一回：上半区四强为巴西、哥伦比亚、法国、德国；下半区四强为荷兰、哥斯达黎加、阿根廷、比利时。八强席位中，欧洲、美洲各占四席，平分秋色。挺进四强球队为哥伦比亚、德国、荷兰、阿根廷。进入决赛球队为德国、荷兰。夺冠球队为荷兰。也就是说，本届世界杯在下再次看好荷兰夺冠！不为其他，只是因为荷兰拥有锋线尖刀范佩西和小飞侠罗本！同时看好范佩西、梅西、罗德里格斯三人中之一人以六球或七球荣膺最佳射手。

梦悟微评之二十四：7月4日，阿根廷 vs 瑞士

在和瑞士的八分之一对决中，梅西在加时赛眼看就要结束时妙传迪马利亚打入一球，此球对瑞士来说可谓致命一击！梅西也凭借自己的出色发挥连续四场被国际足联官方评为单场最佳球员。在十分艰难且十分幸运地淘汰瑞士后，阿根廷打进了本届世界杯八强。从某种意义上来说，阿根廷几乎是靠着梅西一己之力在苦苦前行。在接受环球电视台采访时，梅西信心爆棚，喊出争冠口号，表示要在巴西率领阿根廷夺取冠军！但是，窃以为，阿根廷即使能过了高调归来的欧洲红魔比利时这一关，还能通过兵强马壮的荷兰这一关吗？难哪！另外，上半区的德国如果能打进决赛，阿根廷即使能幸运地战胜荷兰，还能再仅凭梅西的单打独斗、突然的灵光一现或迪马利亚的协助碾碎坚固的德国战车吗？须知，意志坚定、作风顽强、技术一流、发挥稳定的德意志人可不是那么好摆平的！如果说本届世界杯我第一看好荷兰夺冠，第二我就看好德国夺冠。因此，我最希望看到的是荷兰、德国两队的精彩大对决！不论两队中哪一支最终捧杯而归，我都会为他们献上最真诚的祝福和最热烈的掌声！梅西、范佩西，二西过招，究竟谁能占得上风？究竟鹿死谁手？敬请拭目以待！

梅西突破受阻

阿根廷绝杀瑞士，顿时冰火两重天

♡ 微友跟帖精选

在巴西炎热的气候以及最坑爹的时间安排下，本届世界杯的八分之一淘汰赛堪称惨烈，除了失去苏神的乌拉圭被哥伦比亚轻松拿下，竟然出现了五场加时赛、两场点球决战，荷兰直到最后一刻方争议逆转，法国最后十几分钟才解决战斗。传统强队突然迷失，巴西没有了桑巴，荷兰没有了全攻全守，阿根廷没有了探戈，被一些二流球队打得喘不过气。五星巴西的9号成为笑柄，橙衣军团荷兰罗本的假摔成为新的话题，潘帕斯雄鹰阿根廷复制了2008年奥运会天使的灵光一闪。只有德国依然能够稳健地控制局面，但没有了钢铁意志，全世界都在怀疑他们打假球。齐达内退役后已经逐步沦为二流球队的法国，依靠场外巨星普拉蒂尼，横是舒舒服服进入八强，德尚还在那儿抱怨比赛时间问题，人家意大利两场比赛都是中午一点在赤道附近进行都没这么大抱怨。哥斯达黎加和希腊的比赛将屌丝剧情发挥到极点，你进球我扳平，加时赛仍然不分胜负，点球几乎百发百中，最后一球才决出胜负。复苏的红魔比利时几乎场场绝杀，赛前被看好的黑马似乎成色还不是很足，下一场阿根廷将成为其真正的试剑石。星光最暗淡的巴西能否跨越通过佩克尔曼调教、讲究整体战术的哥伦比亚？全靠罗本和范佩西单打独斗的荷兰能否将哥斯达黎加顺利送回老家？高卢军团能否掀翻其鼎盛时期都难以撼动的德国战车？是比利时成为黑马还是梅西再次单骑救主？让我们拭目以待！

荷兰猛将亨特拉尔点球绝杀墨西哥

梦悟微评之二十五：巴西世界杯四强半决赛前瞻（7月8日）

本届世界杯的四强巴西、德国、荷兰、阿根廷被誉为史上最强，加起来共获得过10次世界杯冠军和11次亚军，球迷们最终还是没有能够看到有一匹黑马出现在半决赛的赛场。巴西、德国是参加世界杯比赛场次最多的两支队伍，并且都曾七次打入决赛，其中巴西五获冠军、两获亚军，德国三获冠军、四获亚军，但历史上两队却很少交锋。2002年两队在日韩世界杯的决赛中相遇，拥有3R的巴西兵不血刃战胜巴拉克缺阵的德国，正处职业生涯巅峰期的罗纳尔多独中两元，为巴西第五次捧回了大力神杯。如今十二年过去了，一切都逆转了，德国队可谓兵强马壮，各条线都人才济济。反观巴西，本来就星光暗淡，内马尔和席尔瓦又一伤一停同时缺阵。虽然桑巴军团拥有主场优势，但是恐怕很难阻止善于控制场上局面的德国战车。克洛泽会不会在半决赛中首发出场，能不能在德国对阵巴西的比赛中打破巴西人罗纳尔多在世界杯上的进球纪录，还真是有点儿悬念、有点儿意思！等着瞧吧，谜底即将揭晓！

阿根廷和荷兰也很有渊源，想当年（1978年）荷兰人第二次打入世界杯决赛一心想捧起大力神杯，不成想最后还是成就了阿根廷人的首次捧杯。当年克鲁伊夫赌气退出

巴西 vs 德国

荷兰 vs 阿根廷

国家队，导致橙衣军团实力大为受损，才成就了肯佩斯，试想如果有他助阵，荷兰队的历史恐怕早就改写了。这次世界杯梅西状态不俗，但是阿根廷的中后场却难以让人放心，特别是中场唯一有创造性的天使迪马利亚又因伤缺阵，实力定受影响，不过幸好小烟枪伊瓜因及时找回了状态。橙衣军团虽然仍沿用传统的全攻全守战法，不过打得更加实用，发挥更加稳定，且罗本、范佩西都状态正佳，再加上战术大师老帅范加尔的足智多谋，与阿根廷一战，必将全力争胜。因此，双方势必展开一场你死我活的较量，是梅西能够率领阿根廷再进一步，最终实现三冠王的梦想，还是罗本们能够再次进入决赛，进而甩掉无冕之王的帽子，实现霸业，加冕桂冠？静静地等待吧，也许胜家出乎你的意料，也许比赛过程不一定精彩，但一定会有载入史册的绚丽片段，令你为之惊喜，令你为之喝彩！

巴西世界杯之 梦悟随笔

你的眼泪为谁飞：西班牙队巴西世界杯小组赛赛事回顾
——巴西世界杯随笔之一

本届世界杯西班牙国家队主力队员

也许这就是天意，也许一切在冥冥之中早已注定。

6月14日，巴西世界杯"决赛"提前上演，真的是冤家路窄，上届南非世界杯的冠、亚军西班牙、荷兰在小组赛首场即遭遇了生死对决，结果西班牙队防线被荷兰队彻底撕破，范佩西、罗本梅开二度，荷兰队实现神奇逆转，5∶1大胜西班牙，着实令人不可思议，难以置信，赛前普遍看好西班牙的众多球迷眼镜碎了一地，但，这就是现实！

2010年，南非世界杯决赛加时赛终场前，伊涅斯塔大力抽射，为西班牙队攻入制胜一球

这就是命运！

　　回想四年前的南非世界杯，2010年的7月12日，西班牙与荷兰在约翰内斯堡的足球城球场进行冠、亚军决赛。拥有欧洲杯冠军头衔、兵强马壮的西班牙志在必得，拥有范佩西、罗本等超级球星的荷兰也不甘示弱，定要与西班牙一决雌雄，捧杯而归。双方在球场上展开了精彩的攻防大战。你的矛利，我的盾坚。谁也奈何不了谁！令人遗憾，尤其是令荷兰球迷遗憾、捶胸顿足的是，小飞侠罗本在下半场第62分钟、第83分钟的两次势在必进的单刀球都被西班牙门将卡西利亚斯神奇扑出，错失得分和夺冠良机，使荷兰与大力神杯擦肩而过。双方在90分钟的比赛时间内以0∶0战平。比赛被拖入了加时赛。结果，当比赛进行到第116分钟，也就是离加时赛结束只有4分钟的时间时，伊涅斯塔大力抽射，为西班牙队攻入制胜一球，也为西班牙人首次捧得大力神杯立下头功。当西班牙人为捧杯狂欢时，那一刻，我们也看到了范佩西、罗本等荷兰人脸上的惆怅和不断滴落的泪水。但谁都知道，球场不相信眼泪，只相信实力，只承认结果。机会已经摆在你的面前，可你竟然没有能够抓住，又

2010年，西班牙人首次捧得大力神杯

该怪谁呢？要怪，也只有怪自己运气不好或球技不精吧！

你不会想到，我不会想到，恐怕连上帝也不会想到，6月19日，这天夜里，巴西世界杯上演的大剧之一是《公牛之死》，不过扮演斗牛士的不是西班牙人，而是智利勇士。2∶0，智利前锋巴尔加斯的一脚近门捅射和阿拉古伊斯的一脚大力补射，将西班牙年迈的卡西、哈维、科斯塔、伊涅斯塔们提前送回了老家。创造了球场神话的连续两届欧洲杯冠军和上届世界杯冠军在本届世界杯小组赛中竟然连败两场，净吞七蛋，仅入一球，小组都未能出线，且场上狼狈不堪，实在令人惊讶，不得不感叹岁月不饶人哪！西班牙队中场之魂哈维本场作为替补球员一直坐在冷板凳上，竟然连泪洒球场的机会都没有得到，也着实令人狐疑不解。如果哈维上场，结果会是怎样？没有了哈维，今夜，曾经神一般的西班牙无敌舰队就此沉没！

24日凌晨，3∶0，西班牙战胜澳大利亚，终于赢了一场球，出了一口恶气。比利亚打进了他在本届世界杯的第1个进球，这也是他在西班牙国家队的第59个进球。但过去六年勇猛无敌的西班牙人不得不接受黯然出局的命运。曾经风光无限、各种荣耀加身的西班牙黄金一代就此陨落。当看到比利亚被换下场时流下的满面泪水时，

比利亚打进他在本届世界杯的唯一入球

伤心、丧气、落寞的伊涅斯塔、卡西利亚斯、托雷斯、比利亚

相信全世界的西班牙球迷们也要跟着为之伤心落泪。或许从此以后我们在世界杯,甚至在球场上再也看不到哈维、比利亚、阿隆索、伊涅斯塔、卡西们的矫健身影了。哦,我的小苹果!哦,可爱的老男孩儿!再见,哈维!再见,比利亚!谢谢你们曾经给全世界的球迷们带来的欢乐,带来的美好时光!"曾经沧海难为水,除却乌山不是云。"相信哈维、比利亚们在新的人生赛场上一定会再造辉煌!

  感悟:踢球也好,做任何事也好,如若不能认真对待、专心致志、全力以赴,而是心不在焉、精神松懈,或者盲目自大、轻视对手,一脚不慎、一步走错或一个失误,就会帮助对手战胜自己。有些失误还可以弥补,但有些失误,尤其是关键时候的致命失误则可能永远都没有机会来弥补了!再后悔也来不及,也于事无补了!须知,这个世界上卖的只有清醒剂,从来没有卖后悔药的!不管你的眼泪为何流、为谁飞,这个世界也永远不相信眼泪!

"大神"梅西
——巴西世界杯随笔之二

梅西,又是梅西,本届世界杯,每每在最关键的时候他总是能及时地站出来!今夜,在巴西世界杯小组赛第三轮 F 组阿根廷对阵尼日利亚的比赛中,梅西在刚刚开场 3 分钟时的闪电进球和上半场补时 1 分钟时的任意球直挂球门右上角的经典的贴邮票式的破门,再次为阿根廷队敲开了胜利之门。第一场,一个;第二场,一个;第三场,两个,连续三场场场进球,梅西的上佳表现已大大吊起了球迷们

球场大帅哥——"大神"梅西

进球后的梅西

的胃口。球王梅西立刻、马上、瞬间被喜爱他的球迷们晋封、加冕"大神"之美誉！同是曾经的世界足球先生，和前辈球王马拉多纳相比，新一代球王梅西身上缺少的只是一座大力神杯；和梅西相比，老球王马拉多纳身上多出的则是满身丑闻。如果说，梅西还是一个纯洁的大孩子，马拉多纳则是他那个时代典型的放荡不羁、放浪形骸的嬉皮士，吸毒、纵欲、逞凶，一次又一次地自毁球王形象。在接下来的淘汰赛中，让我们共同期待梅西在球场还能有更好更佳的表现和发挥吧！本届世界杯，与其说我看好阿根廷能够比巴西走得更远一些，甚至能够进入决赛，不如说我更看好的是梅西！看好他率领阿根廷队突出重围，看好他能够再多入几球，荣膺最佳射手或金球奖，再次加冕世界足球先生，不愧于球迷们封给他的"大神"称号！

悲情的 C 罗 伟大的 C 罗
——巴西世界杯随笔之三

在巴西世界杯小组赛第三轮 G 组葡萄牙对加纳的比赛中，葡萄牙以 2∶1 战胜加纳，C 罗为本队打入制胜一球。连续三届参加世界杯，上场 13 次 1100 多分钟，C 罗一届仅打入一球，只取得了可怜的三个入球。在 G 组中，葡萄牙与美国同积 4 分，以净胜球的劣势被淘汰出局。C 罗，这个世界杯上的悲情王子，这个欧洲杯和西甲赛场上摧城拔寨的激情勇士又要痛苦、无奈地被迫离开世界杯的赛场

决不服气的 C 罗

了。在 C 罗即将离去的时候，很想为 C 罗这届世界杯之行的结束写点儿什么，以此为他送行。

随着葡萄牙黄金一代的退役，本届世界杯 C 罗可以说是带着一帮与他远不在一个水平线上的人踢球。比起梅西，C 罗身边没有在英超大杀四方的阿奎罗，没有在西甲突破犀利的迪马利亚，没有在意甲如鱼得水的伊瓜因，他只有那个第一场就伤了的科恩特朗、被红牌罚下的佩佩和在曼联踢不上球的纳尼，还有若干在世界杯前估

我是 C 罗我怕谁

激情飞扬的 C 罗

伤心的C罗，悲情的C罗

计你都没有听说过他们的名字的队友。一个球员可以决定自己技术水平的高度，却不能决定自己出生的国度。在本届世界杯的赛场上，C罗拖着他那条伤腿，为葡萄牙这支整体实力并不出众的国家队战斗到了最后一分钟，但他却不能以一己之力而挽住狂澜！诚所谓不怕神一样的对手，就怕猪一样的队友！其实没有C罗对荷兰的梅开二度和对捷克的头球绝杀，葡萄牙进不了2012年欧洲杯四强；没有C罗对北爱尔兰的帽子戏法，葡萄牙打不了本届世界杯预选赛附加赛；没有C罗在附加赛对瑞典的四个进球，葡萄牙也进不了本届世界杯。可以说这些年葡萄牙就是C罗一个人撑着的。在这支国家队里，他鹤立鸡群，他高高在上，但孤掌难鸣，队友实在是非常非常地不给力，真可谓时运不济。

应当承认，本届世界杯，除葡萄牙整体实力不佳外，C罗状态不好也是客观事实。屋漏偏逢连阴雨！这个赛季如日中天的C罗却在世界杯开赛前夕遭遇腿伤，我想踢过球的人都知道这种伤病对一个球员技术水平的发挥有多么大的影响。因为腿伤，C罗没有了闪电般的突破，没有了导弹般的射门，大多数时候，他只能被动选择把球过渡给队友然后再冲向禁区接应，但他等来的却是队友一个个偏得离谱或者被对手轻易拦截的传球。C罗在本届世界杯上的一个进球、一次助攻，与在本届世界杯上星光四射、同进四球的梅西、穆勒、内马尔相比确实稍有逊色。于是乎，很多只在世界杯期间观看足球比赛的伪球迷开始高呼"穆勒真NB""梅西就是神""罗本太强大了"等。嗯，没错儿，他们几位是挺厉害，而且在世界杯上表现是挺好，但我想告诉你们的是，能在一届世界杯上进四五个球的球员历史上有一大把，但在欧冠60年历史上能一届打入17个球的，只有C罗一个人。不管你承认也好，不承认也罢，C罗和梅西就是这个时代的绝代双骄，是最伟大的两个球员。穆勒、罗本、范佩西、苏亚雷斯，也都是非常优秀的球员，但是他们远没有达到C罗和梅西的高度。过去六年间的世界足球先生和金球奖被二人包揽足以证明。 如果你问我为什么喜欢的是C罗而不是梅西，我告诉你吧，因为C罗是一名皇家马德里队的球员。

　　鹰，有时候没有鸡飞得高，但鸡永远飞不到鹰的高度！C罗，就是那只鹰，就是那只伟大的、高高飞翔的雄鹰。

英伦悲歌　何日能止
——巴西世界杯随笔之四

　　作为世界足球三大联赛的英超，不仅吸引着众多大牌球员、天才球星前往赛场展现自己的球技，也吸引着无数球迷的眼光，赢得了球迷们的喝彩！但在世界杯的赛场上，英格兰就是一苦主，一苦命的主，一届又一届，出征以前，球迷们总是对它抱有很大的希望，但一届又一届，它留给球迷们的却是一次又一次的失望，不是决赛圈都不能进入，或决赛阶段小组赛即未能出线，就是打到淘汰赛第一轮即遭淘汰，或止步八强，打道回府。1930年以来世界杯74年的历史上，英格兰除前三届未参加外，自1950年首次参加世界杯以来，共进入决赛圈14次，其中竟然有三次首轮即被淘汰，比这更惨的是1974年、1978年、1994年连预选赛都未能出线，最好成绩也只不过是1990年的四强（半决赛时被联邦德国淘汰）和1966年在本土举办的那届世界杯的冠军，还留下了在世界杯的历史上恐怕永远也解不开的著名的"门线之谜"。赫斯特那记打在球门横梁上又反弹下来的球是落在了球门内还是球门外呢？究竟是进了呢，还是没进呢？鬼知道！在1990年获取难得的一次世界杯四强后，1998年（1994年预选赛未出线）以来，连续五届世界杯，英格兰最好成绩也不过是八强，从未进

来时意气风发，走时垂头丧气，悲催的鲁尼，悲催的英格兰队

入过半决赛。相信广大球迷一定不会忘记贝克汉姆、莱因克尔、欧文、杰拉德、兰帕德、鲁尼们梦断绿茵、泪洒球场的画面！

每一届出征时队伍中都拥有几个大牌球星和一干技术不俗（但与世界一流水平尚有一定差距）的球员的英格兰国家队为什么在赛场上的表现总是如此糟糕，总是如此不堪一击？这是为什么？这究竟是为什么呢？

不说远的，就说这一届吧。出征时的三狮军团中仍然拥有鲁尼、杰拉德、兰帕德、哈特、卡希尔、巴克利、亨德森等前、中、后三条线上的大牌球星和正值当打之年的著名球员。主教练霍奇森在赛前两周接受采访时还信心满满地表示要带领英格兰国家队再一次夺冠呢！可是一到赛场全体球员就找不着北了，被意大利、乌拉圭打得晕头转向，连负两场，提前出局，创英格兰世界杯历史上决赛阶段的最差成绩，这实在是有些说不过去，让人难以置信、难以理解、

苏亚雷斯两次攻破英格兰队大门

难以接受，甚至难以忍受！

为什么呢？这是为什么呢？这究竟是为什么呢？不要说广大球迷，恐怕连小沈阳也要禁不住这样发问！新闻界和体育界尤其是足球界的记者们、专家们，包括球迷们也会从不同角度分析出三狮军团出师不利的种种原因，给出各种解释，比如球员选择去留啦、战术啦、心态啦、体能啦、配合啦、每场球具体的排兵布阵啦、教练的指挥水平啦等。其中遭到最大诟病的一点是霍奇森没有将上一赛季英格兰表现最好的中后卫特里召回国家队，如果他能出现在后防线与卡希尔配合的话，英格兰的后防线就不会轻易被对手突破，因此英格兰的表现和成绩也就不会这么差劲。另外就是用人不当，不应该让在世界杯赛场上表现并不尽如人意、缺乏帅才的老将杰拉德担任队长和过分倚重鲁尼，且在对意大利一战中把鲁尼放在了错误的位置，即没有把他放在他最擅长的中锋位置，而是把他放在了进攻的左路，大大限制了鲁尼的发挥，使他有力难使、有枪难发。再就是英格兰不应该在对阵意大利时使用 4-2-3-1 阵型，这种阵型给了意大利人太多压制英格兰的机会，不仅使意大利队控制住了中场和比赛节奏，而且使得英格兰队前后脱节，首尾难顾，后防频频吃紧，进攻则很乏力，尤其是不适合鲁尼的跑动前插、摧城拔寨。

说一千，道一万，最主要的问题不外乎就是用人不当和阵型，也就是说，排兵布阵不当！那么，在下不禁要问，特里来了就真的能保证英格兰的防守不出差池吗？不让杰拉德担任队长，换了别人就一定能率领三狮军团向前挺进吗？把鲁尼放在中路就一定能多进几个球，甚至能扭转战局、击败对手吗？不要忘了，鲁尼此前已经参加了两届世界杯，英格兰用的也不是这套阵型，鲁尼主要还是在中路活动，不也是一球未进吗？他的表现和英格兰队一样，总是不能让人满意，总是让人一次又一次地失望，这次依然如故！

以在下这个近三十年来也算看过几场英超和几届世界杯的伪球迷来看，英格兰队的问题绝对不仅仅是用人问题和战术问题，最重要的是技术问题和心态问题！先说技术问题。技术问题就是实力问题，说到底，就是技不如人，实力不济！想想看，这十几年近二十年来，英格兰除出了一个世界足坛的超级巨星、两次获得"世界足球先生"称号的贝克汉姆外，还出现过什么星光闪耀的人物吗？欧文、杰拉德、鲁尼们的技术水平能跟罗纳尔多、小罗、C罗、梅西们比吗？那差的可不是一点点，而是还差着很大一截子呢！技不如人，必然就会

伤不起，伤不起，真的伤不起！英格兰大牌球员沮丧告别世界杯

打道回府前，英格兰队球员向狂热的球迷致谢

折戟赛场！派谁上场，再如何绞尽脑汁地排兵布阵，使用什么样的战术和阵型，也都于事无补，必输无疑！

事实证明，英超强，英格兰队未必强。从另外一个角度来看，正是因为英超强，才害了英格兰的球员，害了英格兰国家队！看看世界杯上有多少在英超踢球的世界二流甚至三流球队（一流球队的超级巨星和大牌球员大都到西甲、意甲踢球去了，他们还看不上英超）的大牌球员吧！他们在英超的赛场上锻炼了自己，提高了球技，不仅让很多的英格兰球员没有机会上场（据统计，英格兰本土球员本赛季在英超出场时间还不到三分之一），造成英格兰球员整体技术水平下降，还熟悉、掌握了英格兰球员的技术特点，反过来在世界杯的赛场上用以对付英格兰的球员，对付自己在英超球队的队友，真可谓知己知彼，百战不殆。因此可以说，在英超踢球的外国球员太多，才是造成英格兰一次又一次失利的最重要，也是最根本、最深层次的原因。据统计，在本届世界杯32支队伍736名球员中，在英超踢球的球员就有119人。几乎所有参赛的球队都有在英超踢球的球员。仅在本届世界杯上表现出色、挺进八强的比利时国家队就有12名球员在英超球队效力，并且他们都是国家队的主力球员，如效力曼联和切尔西的中场大将费莱尼、德布劳内、阿扎尔，效力曼城、阿森纳、托特纳姆的后防大将孔帕尼、韦尔马伦、韦尔通冈，以及效力埃弗顿的前锋卢卡库等。费莱尼甚至把比利时国家队如今一切的成绩都归功于英超，表示是英超让现在这支比利时国家队成为了一支世界强队。在小组赛第二轮英格兰与乌拉圭的比赛中，连入两球的苏亚雷斯也正是在英超西汉姆联队担任主力前锋、对英格兰球员的球技球风非常了解和熟悉的乌拉圭头号球星。

再说心态问题。心态问题就是情绪、作风、意志、拼搏精神和荣誉感的问题。心态摆不正，作风不顽强，意志不坚定，缺乏拼搏精神和国家荣誉感，一切都无从谈起。赛前，英格兰队上下弥漫着一股无端的自信和盲目的骄傲情绪。在主教练都喊出要夺冠的口号后，队员们能不对本队在世界杯上的前景过于乐观吗？能不轻视对手吗？谁会想到他们竟然连小组也不能出线呢？而当挨了意大利的当头一棒后，队员们又都斗志全无、心慌意乱、心灰意冷了，接着又以同样的比分负于了乌拉圭，两轮战罢，实际上已经出局，谁还会相信英格兰还保留有理论上的出线希望呢？杰拉德在英格兰与哥斯达黎加队的比赛后抨击个别国家队队员缺乏国家荣誉感，受金钱的腐蚀，只想着挣大钱，而不愿为国效力。此言可谓一语道破了英格兰国家队在世界杯赛场上屡战屡败、成绩不佳的另一个更为重要的原因，那就是一些身披国家队战袍的英格兰球员缺乏国家荣誉感，没有为国争光的顽强意志和拼搏奋斗精神！此风不革，此疾不除，英伦悲歌，恐还将继续在世界杯的赛场回荡！

我们的目标一定能够达到：亚洲球队巴西世界杯战绩述评，兼谈中国国家足球队的未来之路
——巴西世界杯随笔之五

代表亚洲出战本届世界杯的四支球队12战无一胜绩，九负三平，仅积三分，并且一轮表现比一轮差，第一轮韩国、伊朗各平一场共积两分，第二轮日本跌跌撞撞勉强争得一分，第三轮四战皆负，一分未得，创亚洲球队参加世界杯以来最差战绩，这下中国足协的官员可以偷笑了，可以偷着乐了，可以信心、雄心大增、倍增了！这说明澳大利亚、伊朗、日本、韩国也不比中国队强到哪里去，中国队也不比他们差到哪里去，最多不就是一分的差距吗？澳大利亚再牛逼，这一次还不是和中国队在世界杯上一样的成绩吗？还不只是追平了中国队在世界杯上积零分的得分纪录吗？难道还要再扣中国队负几分不成？

看到日本、韩国、伊朗、澳大利亚在本届世界杯上狼狈不堪、糟糕至极的表现，我们对自己更有信心了，我们不再妄自菲薄了，我们再也不会自己看不起自己了！因此，中国足协的官员们有一百个、一千个、一万个理由坚信，中国国家足球队一定、肯定、必定能在22世纪或最迟在25~26世纪第二次参加世界杯，并打破中国队在世界杯赛场上进球、积分的鸭蛋纪录。我们的目标不再是进一球，

韩国国家队主力队员

日本国家队主力队员

伊朗国家队主力队员

澳大利亚国家队主力队员

积一分,那样也太瞧不起我勤劳勇敢、聪明智慧的华夏子孙了。我们的最低目标是在小组赛中保持不败战绩,不进一球而积三分,虽不能保证见谁灭谁,但谁想拿我们当软柿子捏也不会那么容易!但我们这样要求自己目标定得是有些低了,甚至可以说是有些过分谦虚了,也就是犯了盲目右倾的错误,对自己要求不高、要求不严,这样既对不起自己,也对不起党和国家对我们的培养,更对不起全国人民对我们的殷切希望!毛主席、鲁迅先生和雷锋同志都曾经指出,谦虚过度就等于骄傲!因此,我们不能太谦虚了,也就是不能太骄傲了。至少,我们在第26世纪世界杯上的目标必须作出调整,那就是保证、坚决、必须打破一球未进的纪录,让这个令我华夏儿女感到耻辱的纪录永远作古!中华儿女多奇志,敢教日月换新天!我们的目标一定能够达到!我们的目标绝对能够达到!达到!达到!!

日本、伊朗、韩国球员在世界杯赛场与国际巨星德罗巴、梅西等积极拼抢

征战 2013 年东亚四强赛的中国国家足球队主力队员

经过这么多年的坎坷、挫折、失败再失败、折腾再折腾，我们愈加、更加深深地认识到失败乃成功之母、骄傲乃失败之父的道理。所以说，失败就是财富，是我们的一笔最为宝贵的财富。有了这笔财富我们离成功也就不远了，也就很近了！但过去的惨痛经历使我们愈加、更加清醒地认识到，一定不能有急功近利的思想，更不能急着出成绩、捞政绩，那都是目光短浅的表现！是左倾激进的表现！是急功近利的思想在作祟！教训哪！在这方面我们过去有多少教训哪！但教训也是财富。教训越多，吃的苦头越多，摔过的跟头越多，我们的财富也就一定会越来越多！这不，我们现在终于明白这样一个最简简单单的道理了吗：你越是想出成绩，你越是出不了成绩；你越是想冲出去，你越是冲不出去；你越是想捞政绩，你越是什么都捞不到，甚至还有可能把自己捞进大牢！塞翁失马，焉知非福。失之东隅，收之桑榆。这，就是我们的收获！

鉴于以上认识，所以，我们不能仅仅制订五年、十年、二十年中国足球发展规划，更不能盲目设想、企图妄想在这几个规划内让

屡战屡败的中国队何时方能再次梦圆世界杯

中国足球冲出去。我们应当本着实事求是、谦虚谨慎的精神,把眼光放得远一点儿,把目标定得低一点儿。因此,有些球迷,有些同志希望中国足球在十年八年内再次杀入世界杯,这种想法是十分幼稚的,也是十分可笑的,说到底还是不懂球,对足球运动的规律没有一个正确的认识,且还要不懂装懂,指手画脚,说三道四,甚至还想越俎代庖!这不是瞎指挥又是什么!还不如干点儿实事儿好。

　　症结找到了,目标明确了,思想问题解决了,一切事情都好办了,也就是说一切问题也就能够跟着迎刃而解了。一切计划、规划不能仅仅停留在纸面上,下一步,就看我们如何搞、如何行动、如何真抓实干了!

巴西，还能走多远？
——巴西世界杯随笔之六：6月29日，巴智之战

北京时间6月29日零点，巴西世界杯八分之一淘汰赛第一场比赛——东道主巴西对智利的比赛准时开球，执法主裁判为来自英格兰的霍华德·韦伯，与已经退役的意大利著名光头裁判克里纳一样，他也是一个光头裁判，曾经执法过上一届世界杯西班牙与荷兰的决赛。

比赛一开场双方即展开了对攻。上半场进行到第18分钟，巴西队中后卫大卫·路易斯利用角球机会在智利球

大卫·路易斯垫球入网

桑切斯为智利队攻入扳平一球

门前一米处抬脚将球垫入球门。第 32 分钟，巴西队后场界外球处理失误，被智利球员抓住机会，快速反击，桑切斯接队友妙传，打入扳平一球。面对场上较为被动的局面，巴西队主教练、老帅斯科拉里急了，一直站在场边指挥。全场巴西队中场基本失控，造成前后线脱节，球员拿不住球，也传不出去，很是被动，失误也较多，只得大脚长传，几乎没有什么高质量的传切配合。可以说，巴西队全场踢得都没有多少技术含量。与之相反，智利队则打得十分沉着，球员跑动积极，配合流畅，防守严密，并通过积极有效的逼抢控制

住了中场。尤其是下半场,智利队的机会比巴西队更多,打得更好。迟迟拿不下智利,还被对手牵着鼻子走,踢得晕头转向,世界杯历史上的五冠王、东道主巴西队的压力越来越大。教练急,球员更急。越急越乱,踢得越无章法。全场我们几乎没有看到一点儿桑巴军团艺术足球的影子。想必球王贝利和济科、法尔考、大罗、小罗等当年光芒四射的巴西足坛名将也要为今天这支巴西队的糟糕表现深感失望吧!加时赛最后一分钟,智利队球员皮尼利亚远程发炮,一脚劲射击中横梁,几乎绝杀巴西。也就是靠着这根横梁的保佑,巴西队才逃过一劫,大难不死,没有饮恨球场,没有羞愧离场!双方在120分钟内战成1∶1平,其实,在球迷们的心中,智利队已经赢了。

  点球大战,巴西门将朱里奥·塞萨尔有如神助,表现超级神勇,扑出智利队两个点球。最终,巴西队以点球3∶2,总比分4∶3十分艰难、非常幸运地淘汰智利,进入八强。

  实事求是地说,巴西队本场表现实在太差太烂,点胜只是运气好,只是命大命硬!也许是命中注定,在世界杯的赛场上,巴西就是智

点球决战前,巴西球员祈祷上帝保佑

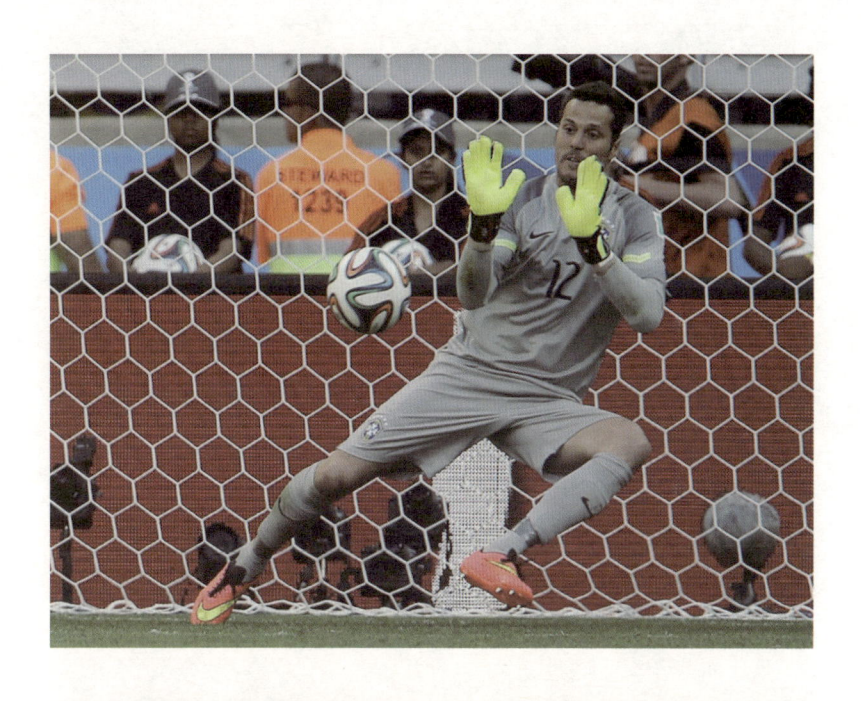

塞萨尔有如神助，两次扑出智利队点球，力保巴西进入八强

利的克星，就是智利的苦主。双方连续三届在世界杯八分之一决赛相遇，巴西均取得胜利。智利在世界杯上总共四次进入淘汰赛，都被巴西挡住了前进的脚步。经此一战，智利球员可以昂着头骄傲地离开世界杯的赛场了！致敬，智利国家足球队！致敬，桑切斯！致敬，布拉沃！

在四分之一比赛中，巴西将对阵以2∶0的比分干净利落拿下上届世界杯第四名、传统足球强队乌拉圭的哥伦比亚队，面对越战越勇、势头正盛的哥伦比亚队，面对世界杯开赛以来连续四场场场进球，总进球数已达到五个，领衔射手榜，星光四射的追风少年罗德里格斯，巴西人的运气还会有这么好吗？你们去问上帝吧，也许只有上帝知道！

感悟：没有耀眼的球星，就没有耀眼的球队；没有伟大的球员，更不会有伟大的球队和骄人的战绩！

黑马来了
　　——巴西世界杯随笔之七：6月29日，哥乌之战

　　北京时间6月29日凌晨4点，哥伦比亚与乌拉圭的八分之一淘汰赛打响。历史上，乌拉圭曾两捧世界杯，哥伦比亚则从未进过八强。赛前，乌拉圭因队中头号球星苏亚雷斯被国际足联重罚停赛事件引起一场风波和抗议。苏神回国后得到英雄般的待遇，乌拉圭总统何塞·穆希卡亲自到机场迎接，感谢他利用尖牙利齿而战，为国而咬。但

罗德里格斯凌空抽射打出一记世界波，被国际足联官方评为本届世界杯最佳进球

107

罗德里格斯张开双臂庆祝进球

哥伦比亚守门员奥斯皮纳扑出卡瓦尼必进之球

没有了苏亚雷斯，乌拉圭悬了！胜利的天平已经倾向了哥伦比亚。

上半场进行到第 28 分钟，哥伦比亚前锋罗德里格斯接队友传球，技术熟练地利用胸部停球，然后在禁区弧顶转身凌空抽射破门，打出了一记世界波，打出了本届世界杯开赛以来最精彩的一粒进球（这是本届世界杯开赛至今在下第一次使用"世界波"一词）。至此，罗德里格斯第一次参加世界杯，四场比赛，一场一球，已打进四球，追平了最佳射手榜，成为继 2002 年罗纳尔多和里瓦尔多之后，首位单届世界杯前四场比赛都有进球的球员，以及世界杯历史上第 5 位个人前四场世界杯都有球进账的南美人。这个 1991 年出生，今年只有 23 岁，长着一双清澈明亮的大眼睛的足坛新秀能成为世界杯历史上年龄最小的最佳射手吗？

下半场开场不久，比赛进行到第 50 分钟时，罗德里格斯接队友头球摆渡，在乌拉圭队门前机敏地利用脚弓推射，再进一球，梅开二度。至此，他在本届世界杯上的进球数已达到了五个，暂时领衔射手榜，此外还奉献了两次助攻，成为哥伦比亚进入八强的头号功

"苏神"去哪儿了

臣，成为本届世界杯赛场上最耀眼的 10 号。缺少了苏亚雷斯的乌拉圭队全场基本上没有什么机会，只能被动挨打，毫无还手之力。最后，全场比分定格在 2∶0，哥伦比亚首次进入世界杯八强，已经创造了历史，接下来在四分之一比赛中要与巴西对决，争夺一个四强席位。依靠点球侥幸取胜进入八强的巴西能迈过越战越勇、势头正盛的哥伦比亚这道坎儿吗？未必！

感悟：所谓一失足成千古恨。苏亚雷斯一时的冲动，葬送了乌拉圭的世界杯征程，再次证明了冲动是魔鬼这句老话。此时此刻，闷坐在家里作壁上观的苏神，难道不应该深刻反省一下吗？难道不应该深深自责吗？怪不得意大利人的投诉，一切都是因为他屡教不改，咎由自取！一切都是他逞勇好斗、争强好胜的劣性造成的！说到底，一切都是冲动惹的祸！如果，如果……一切又会如何？但请不要忘了，这个世界不相信、也不承认如果！这个世界永远也不会再给你"如果"的机会！

矛与盾的较量
——巴西世界杯随笔之八：6月30日，荷墨之战

北京时间6月30日零点，巴西世界杯荷兰与墨西哥的八分之一淘汰赛准时打响。荷兰主帅范加尔排出的仍是偏防守型的5-3-2阵型。状态正佳，在小组赛中因累积两张黄牌停赛一场的荷兰队队长范佩西解禁复出。在小组赛中，荷兰队三场攻进10球，成为攻击力最强、进球最多的球队。墨西哥三场仅失一球，成为失球最少、防守最好的球队。两队可谓矛利盾坚。担任本场比赛主裁判的是来自葡萄牙的国际裁判兹罗恩亚。

所谓天有不测风云。开场仅九分钟，荷兰队中场大将德荣即因伤下场。荷兰队被动换人，战术受到了一定的影响。此后，墨西哥逐渐占据了场上优势，打得有声有色，攻势一浪接着一浪。荷兰队场上局面比较被动，门将西莱森受到严峻考验。多亏西莱森的高接低挡，才力保荷兰队球门不失。小组赛攻击犀利的荷兰队开场25分钟竟无一脚射门。由于中场控制、组织不力，不能有效将球输送到前场，上半场荷兰仅有少得可怜的两次射门，场上也很少能够看到范佩西的身影。上半场补时阶段，墨西哥后防大将莫雷诺也因伤下场。

下半场开场仅仅三分钟，墨西哥前锋多斯·桑托斯突施冷箭，打进一球，这也是他在本届世界杯上的第一个进球。第56分钟，荷兰小将德佩作为奇兵被换上场，加强进攻。荷兰人开始醒过来了。第60分钟，墨西哥队主教练将进球功臣、前锋桑托斯换下，换上一名中场球员，意在加强防守。第75分钟，被墨西哥球员冻结，本场表现平平的范佩西被换下场。比赛进行到第88分钟，荷兰队仍是一球落后，眼看就要马失前蹄，坠入深渊。这时候，荷兰中场大将、老队长斯内德站了出来，利用一次角球机会一记劲射洞穿了神奇的奥

多斯·桑托斯射门瞬间

斯内德抽射破门

奥乔亚扑出亨特拉尔近在咫尺的射门

罗本禁区内被墨西哥球员放倒，为荷兰队赢得点球

亨特拉尔主罚点球命中，绝杀墨西哥

亨特拉尔飞踹角旗庆祝进球

乔亚把守的球门，挽救了荷兰，将荷兰队从悬崖边上拉了回来。

比赛进入加时赛后，第92分钟，罗本在禁区内的积极突破造成对手犯规，裁判果断判了点球。下半场换上场的荷兰前锋亨特拉尔操刀将此宝贵的点球罚进，比分定格为2∶1，荷兰人笑到了最后。

全场比赛跌宕起伏，一波三折。尤其是罗本不惜体力的奔跑、突破、拼抢迎来了荷兰人自我拯救的机会，荷兰队最后进球并实现绝地大逆转的那个角球和那个点球都是他的功劳，可以说罗本是荷兰队本场拼抢最积极、发挥最好的球员。他和斯内德是荷兰队最终反败为胜的最大功臣。事实证明，墨西哥的盾坚，但还是荷兰的矛更利！ 虽然非常非常遗憾地输掉了比赛，但奥乔亚再次证明了自己不愧门神的荣誉，墨西哥队也以他们的精彩表现证明了自己确实是一支实力不俗的球队。正是他们的顽强阻击，差一点儿将夺冠热门、上届亚军荷兰拉下马，淘汰出局。欲走还想留！再见，门神奥乔亚！再见，英勇顽强的墨西哥人！

感悟：荷兰队长范佩西在赛后接受记者采访时说："虽然比赛打得很艰难，但我们相信，坚持下去，一定会成功！"不放弃，不抛弃！相信自己，坚持下去！这就是荷兰人自己扼住了命运的咽喉，在最后一刻上演绝地大逆转的最为重要的原因！

足球是圆的
——巴西世界杯随笔之九：6月30日，哥希之战

北京时间6月30日凌晨4点，巴西世界杯哥斯达黎加对希腊的八分之一比赛鸣哨开打。担任本场主裁判的是来自澳大利亚的国际裁判威廉斯。哥斯达黎加主帅平托排出的是5-3-2阵型，意在加强防守的基础上发挥本队反击犀利的优势。在2004年欧洲杯上演神话勇夺冠军、世界杯上首次进入16强，已经创造了新的历史的希腊排出的是4-3-3阵型。

两队在历史上从未交过手。双方实力实际上不分伯仲，开场后攻防都很积极，打得难分难解。虽然哥斯达黎加控球时间多一些，但希腊打得相对更好一些，有威胁的球也比哥斯达黎加更多一些。哥斯达黎加上半场只有两次射门，但无一射正。希腊则有七次射门，其中四次射正。哥斯达黎加主要是利用两个边路进攻，前锋坎贝尔表现十分活跃、抢眼。

下半场，风云突变，第52分钟，哥斯达黎加头号球星、前锋鲁伊斯在禁区弧顶扫射破门。第65分钟，哥斯达黎加中卫杜瓦尔特因故意伤人被红牌罚出，哥队陷入以少打多局面，场面开始被动起来。尽管在终场前比分仍然落后，但希腊一直都没有放弃，破釜沉舟，大打攻势足球，持续

鲁伊斯扫射破门

压上进攻。第91分钟，下半场替换上场的帕帕斯塔索普洛斯门前捅射破门，希腊队惊人地死里逃生。紧接着，第93分钟，希腊前锋耶卡斯的一记很有威胁的头球被哥斯达黎加全场表现神勇、多次化解希腊射门的门将纳瓦斯单手托出横梁，差一点儿形成绝杀，上演如荷兰般的神奇大逆转！在加时赛期间，希腊有数次破门锁定胜局的机会，但都没有抓住，最终双方在120分钟内战成1：1平，进入点球大战，胜利的天平已开始向哥斯达黎加倾斜。点球大战前，希腊主帅桑托斯因对裁判表示不满被罚上看台。结果哥队五罚五中，希腊第四个出场的球员罚出的点球被纳瓦斯扑出。哥斯达黎加以点球5：3，总比分6：4淘汰希腊，历史上首次进入世界杯八强。

感悟：足球是圆的。在球场上，任何事情都可能发生，都会发生。谁也不敢保证一定会摆平谁、战胜谁，谁也不敢保证一定会把谁怎么样。强者不强，弱者不弱，本届世界杯已上演了多幕惊心动魄、惊险悬疑、绝处逢生的跌宕大剧。不战到最后一刻，你还真拿不准谁是最后的赢家。且不说意大利、英格兰、葡萄牙和如日中天的上

杜瓦尔特累计两张黄牌，被红牌罚下

帕帕斯塔索普洛斯神奇扳平比分

纳瓦斯扑出希腊队耶卡斯点球

哥斯达黎加点球大战五罚五中，淘汰希腊

届冠军西班牙已经早早地打道回府了，就是在进入八分之一对决后，夺冠热门巴西、荷兰也都曾经命悬一线，只差那么一点点儿就要被对手挑落马下、淘汰出局了！事实证明，哪支球队都不能轻易地赢下对手，都不是绝对的赢家。球场如此，人生也是如此。

尊重对手，就是尊重自己
——巴西世界杯随笔之十：7月1日，法尼之战

北京时间7月1日零点，巴西世界杯法国对尼日利亚八分之一的比赛在巴西利亚加林查竞技场准时打响了。担任本场主裁判的是格雷德。

今天会有什么剧情，还会像前天、昨天那样跌宕起伏、一波三折、生死难料、令人心跳吗？激昂浪漫的法兰西人与骄悍狂放的非洲雄狮又会碰撞出什么样精彩迷人、动人心魄的火花呢？非洲雄狮会吞下高卢雄鸡吗？又或是高卢雄鸡在赛场戏耍非洲雄狮，像鹰一样展翅飞翔？小组赛最佳门将、淡定哥恩耶亚马本场还会有机会继续"思考人生"吗？

小组赛两胜一平的法国队排出的是4-3-3阵型，正值当打之年的前锋本泽马、吉鲁、博格巴担任三箭头。尼日利亚排出的是4-2-1-3阵型。双方一上场就展开了对攻。第18分钟，尼日利亚著名球星、前锋穆萨门前捅射打进一粒越位球，虽然被判无效，但展现了尼日利亚的攻击力，也给法国队敲响了警钟。第21分钟，恩耶亚马不可思议地扑出了法国队前卫弗格曼势在必进的门前劲射。双方你来我往，攻防转换很快。面对强敌，尼日利亚队毫不畏惧，打得积极主动，场上丝毫不落下风，双方可谓势均力敌。

尼日利亚前锋穆萨越位进球被判无效

第43分钟,尼日利亚球员禁区内一脚大力抽射,被法国队门将洛里手脚并用奋勇扑出。难道本场比赛在90分钟内还是不能结束战斗,还要进入加时赛,甚至还要进行点球大战吗?

下半场开球后,第56分钟,尼日利亚主力球员、场上表现稳健、发挥出色的奥纳齐因伤下场。第61分钟,法国主帅德尚换下前锋吉鲁,换上另一个黑人前锋格里兹曼。格里兹曼上场后,法国队逐渐控制住了场上局面。这次巧妙换人,最终成为了决定比赛的胜负手。此后,法国队攻势一浪接着一浪,恩耶亚马再也没有时间站在球门前"思考人生"了。第63分钟,尼日利亚又差一点儿攻破法国队球门,幸被门将洛里扑出。这也是尼日利亚最后一次有威胁的射门。自此以后,自己的门前即险象环生。第69分钟,本泽马快速插上禁区内的射门被恩耶亚马出击用身体挡了一下后反弹向球门,又被尼日利亚后卫在球门线上踢了出来。第76分钟,法国队连续两次射门,一次又被尼日利亚后卫在球门线上挡出,一次打在门梁上。第77分钟,美髯公本泽马的射门又被恩耶亚马用单手托出。法国队球运实在是太差!双方激战近80分钟,之所以都没有攻破对方的球门,可以说,最主要的原因之一,是尼日利亚有一个好门将,法国有一帮好中卫。

直到第78分钟，此前发挥堪称神奇的恩耶亚马出击失误，法国前锋、小将博格巴头球攻进空门。第84分钟，格里兹曼的射门又被恩耶亚马飞身用单手托出。进入补时后，第91分钟，格里兹曼门前突然插上，造成尼日利亚后卫亚博自摆乌龙。最后，比分定格为2：0。如

恩耶亚马多次扑出法国队员势在必进的射门

博格巴头球打破僵局

亚博自摆乌龙

果没有恩耶亚马，如果不是恩耶亚马多次的神奇扑救，比分绝对不是这样，而应当是5∶0，甚至是6∶0！恩耶亚马简直就是一个神，但神也有打盹儿的时候，神也有出错的时候，正是由于他的出击失误，导致了尼日利亚的第一个失球，神，瞬间变成了人！若不是此次失误，恩耶亚马本场的惊艳表演，堪称绝对完美、绝对出神入化！

感悟：不要小看任何一支球队，也不要小看任何人。轻视对手，同时也就是作践自己。尊重对手，也就是尊重你自己。只要有取胜的欲望，有真正的能力，有坚强的信心和顽强的意志，你就可以战胜任何球队、战胜任何强敌、战胜任何困难和挫折！

掌声献给阿尔及利亚
——巴西世界杯随笔之十一：7月1日，德阿之战

北京时间7月1日凌晨4点，巴西世界杯德国与阿尔及利亚的八分之一比赛在阿雷格里港滨河球场准时鸣哨。担任本场执法主裁的是来自巴西的里齐。

由于法国刚刚战胜了尼日利亚，阿尔及利亚已成为非洲球队留在本届世界杯赛场的独苗。这支独苗还能生存多久？是90分钟，还是120分钟？北非之狐能创造奇迹掀翻德国战车吗？

德国主帅勒夫排出的仍是4-3-3阵型。两队实力相差悬殊，比赛一般来说应当没有多大悬念。第8分钟，阿尔及利亚队快速反击，德国门将诺伊尔弃门出击，化解了一次进攻。由于德国压得靠前，身后留下很大空档，也给了阿尔及利亚反击的机会。第14分钟，施奈德的射门被阿门将莫索里希单手托出。第16分钟，阿队苏莱曼尼鱼跃冲顶攻进德队一球，虽被判越位无效，但也使德国人惊出了一身冷汗。第18分钟，乌拉姆一记劲射被诺伊尔扑出。这时球迷们方才发现，不是德国，而是阿尔及利亚的进攻、射门更有威胁。德国队门前一时风声鹤唳。真是强者不强、弱者不弱啊！真是要逆天了啊！被大家公认为实力超强的德国队没有显示出一点儿优势，反而很是被动，门前险象环生。第27分钟，诺伊尔再次冲出禁区大脚解围。打了30分钟，德国队竟没有一次有威胁的射门，使人不禁怀疑，究竟是谁实力更强一些，难道阿尔及利亚队实力被低估了吗？这是小组赛中威风八面的德国吗？直到第37分钟，德国队才打出了一脚有威胁的射门，造成对方门将脱手。第39分钟，德国队连续两次射门均被阿队大胡子门将莫索里希扑出。真是应验了弱队出门将这句话呀！

下半场开场后，德国队还是拿阿尔及利亚队毫无办法，但逐渐占据了场上主动。第54分钟，德国球员大力远射，被莫索里希飞身用指尖托出。65分钟过去了，德国人就是敲不开阿尔及利亚队的球门，教头勒夫面色严峻，甚是着急，场内嘘声一片。阿教头则很淡定。第68分钟，德国队边后卫穆斯塔菲受伤离场。德国防线受到更加严峻的考验。第71分钟，德国门将诺伊尔再次冲到禁区外奋力头球解围。若不是其出击果断及时，德国队球门恐怕早已被阿队攻破了！第75分钟，越战越勇的阿队球员又是一记远程发炮，再次被诺伊尔紧紧抱住。阿尔及利亚门将莫索里希则一度悠闲起来，是不是也在学他的非洲兄弟恩耶亚马思考人生了？直到第80分钟，德国队的进攻才终于有了一些起色，穆勒一记有力头球被莫索里希挡出，许尔勒跟着补射，但又被阿队后卫解围踢出。第82分钟，穆勒再施冷箭，皮球擦着球门右侧立柱而出。第88分钟，德国门将诺伊尔冲出30多米，再度化解了阿队的一次进攻。第89分钟，施奈德的头球攻门被莫索里希扑住，失去绝杀机会。直到90分钟比赛结束，场上比分还是0∶0，谁能想到，谁会想到！

比赛进入加时赛。令人遗憾的是，老将克洛泽没有被换上场。第92分钟，实际上还不到两分钟，许尔勒接穆勒传球在小禁区边上用脚后跟儿杂耍般攻入一球，这个进球多少有些运气成分。阿尔及利亚坚持90分钟已足以骄傲。真没想到德国队比法国队遇到的阻击更猛。第101分钟，阿队还有扳平的机会，只可惜皮球滑门而去。第119分钟，厄齐尔又打进一球，为德国队锁定胜局。但令谁也没有想到的是，第121分钟，阿队竟然又利用快速反击打入一球，至死也没有放弃！勇敢顽强的阿尔及利亚人拼到了最后一分钟，拼尽

厄齐尔破门瞬间

不抛弃、不放弃！加布在比赛即将结束时为阿尔及利亚扳回一球

了最后一分力气。

可以说,这场球德国人赢得非常艰难非常惊险!与德国队激战、周旋120分钟,场面壮烈,尽管最后还是失败了,但阿尔及利亚人已没有任何遗憾,收获的只有骄傲,只有自豪,值得赞赏,值得尊敬!让我们把最热烈最真诚的掌声献给阿尔及利亚!献给北非之狐,献给这只勇敢顽强的非洲雄鹰!同时也把一切一切的祝福献给他们!

感悟:实力决定运气。没有实力,也就没有或缺少运气。如果说德国人这场球赢得幸运,倒不如说德国队的实力还是更强一些,技术更娴熟一些,经验更丰富一些。技术加经验,是构成实力的基础,实力有了,机会就多了,运气也就跟着来了。记住,机会永远只会垂青那些有准备、有实力的人和团队,没有实力,永远也不要等着幸运来敲你的门!

赢得尊重比赢得胜利更重要
——巴西世界杯随笔之十二：7月2日，阿瑞之战

北京时间7月2日零点，巴西世界杯阿根廷与瑞士的八分之一比赛打响。担任本场主裁判的是来自瑞典的阿利克松。

开场后，面对强劲对手，瑞士主要依靠防守反击，打得有声有色，一度占据场上主动。第27分钟，瑞士球员打出开场后最有威胁的一脚射门。阿根廷门将罗梅罗倒地将球没收，立下一功。第38分钟，瑞士前锋德尔米齐甩开阿根廷后卫，形成单刀，罗梅罗弃门出击，在禁区外将德尔米齐的吊射之球拿住，阿根廷逃过一劫。尽管梅西在场上积极跑动，但他基本被瑞士后卫冻结了，几乎没有抬脚射门的机会。上半场又是一个0∶0。在已经结束的六场八分之一比赛中，上半场比赛结束时，已出现了四个0∶0。这不是对战双方攻防平衡，不是攻击力太弱，也不是防守太好，而是说明谁都不好惹，谁都不是软柿子，不是你想捏就能捏的。

下半场开场后，瑞士队打得仍是积极主动。第49分钟，瑞士队球员利用任意球直接攻门，被罗梅罗飞身扑出。此后，阿根廷队明显加强了进攻。第56分钟，瑞士门将贝纳里奥单手托出阿根廷球员的射门。第58分钟，本场跑

迪马利亚破门

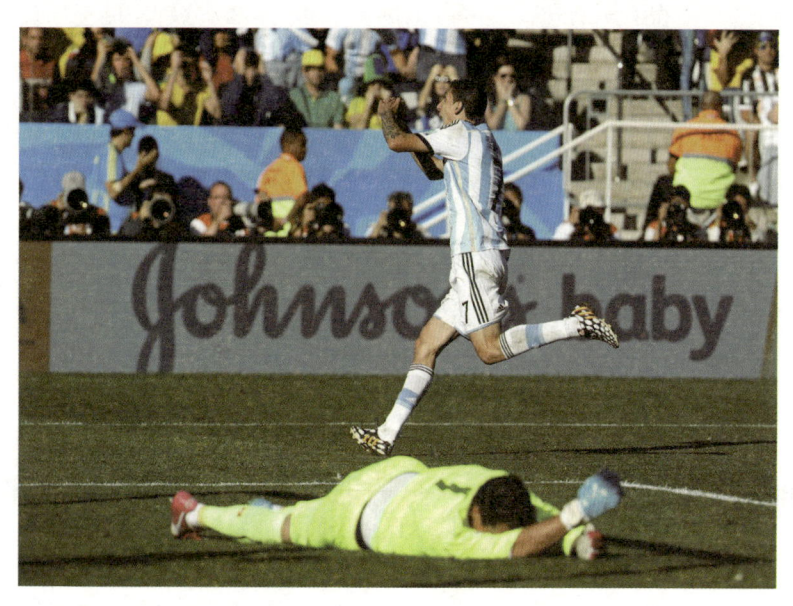

瑞士门将贝纳里奥倒地不起

迪马利亚双手撑出心形庆祝进球

动积极的阿根廷左边后卫罗霍打门，被贝纳里奥扑住。第61分钟，伊瓜因头球攻门又被发挥出色的贝纳里奥单手托出横梁。这是开场后阿根廷最有威胁的射门。第67分钟，梅西一脚远射稍稍高出横梁，打得很有质量。第77分钟，梅西觅得机会，又是一记劲射，但又被贝纳里奥倒地扑出，差一点儿就要破门。下半场阿根廷围着瑞士球门狂轰滥炸，但15次射门也没能打进一球。贝纳里奥高接低挡，力保本队球门不失，本届世界杯上的又一个神奇门将，就此诞生。

加时赛，又是一个加时赛！这是进入八分之一比赛后七场比赛中的第五个加时赛。难道还要进行第三次点球大战，再次让人们心惊肉跳？在加时赛的前15分钟，也可能是因为体力下降，也可能是出于谨慎，双方都没有创造什么好的机会。再次换边后，阿根廷人不愿被拖入生死难料的点球大战，在梅西的率领下吹响了发起总攻的号角。第108分钟，迪马利亚远端一记冷射，又被瑞士门将贝纳里奥单手托出。迪马利亚不惜体力，全场飞奔，第118分钟，迪马利亚禁区边接梅西妙传打进致胜一球。梅西，又是梅西！迪马利亚，

希斯菲尔德在加时赛前为瑞士球员布置战术

又是迪马利亚！在比赛的最后时刻,在比赛最关键的时候站了出来,二人联袂上演了绝杀瑞士之球。这就是球星,这就是球星的不可替代的作用！只可惜瑞士没有梅西,没有迪马利亚！赛后,迪马利亚被评为全场最佳球员,可谓当之无愧！

感悟：瑞士主教练、老帅希斯菲尔德在赛前说：我们不是来旅游的,我们是来创造历史的！此话说得可谓铿锵有力,志在必得！瑞士队全场的出色表现,尤其是门将贝纳里奥的精彩扑救,证明他们确实不是来旅游的。尽管球最后还是输了,尽管他们最后没有创造历史,但他们的顽强战斗精神却赢得了人们的尊重和敬佩！从这个意义上说,他们已经赢了！他们,是悲壮的失败者,也可以和智利人、尼日利亚人、阿尔及利亚人一样昂着头非常非常骄傲地离开了！其实,不仅是在球场,在人生的征程中,在人生的任何一个赛场,赢得尊重、赢得敬佩都远比赢得胜利、赢得成功更重要,也更有意义和价值！

红魔归来
——巴西世界杯随笔之十三：7月2日，比美之战

刀光剑影，一拼到底！该使出的本事都使出来了，该亮出来的家伙儿全都亮出来了，该派出的奇兵悍将也都派上去了。难以想象得令人心惊肉跳，难以想象得悲壮惨烈、惨烈悲壮，难以想象得矛盾大对撞、生死大搏杀，这不是发生在战场，但又形同战场；这不是刺刀见红的肉搏，但又如同赤膊上阵的搏斗。NOW OR NEVER！要么生存，要么死亡；要么胜利而归，要么铩羽而去；要么就在今天、就在现在，要么永远也不会再有这一天、这一刻！今天必须一决雌雄，否则你我都要遗憾终生！这就是在巴西世界杯八分之一比赛最后一场对决中，比利时队与美国队联袂上演的一幕惊险悬疑大剧！

北京时间7月2日凌晨4点，巴西世界杯比利时与美国的八分之一大战在萨尔瓦多新水源竞技场鸣哨打响。担任本场主裁判的是来自阿尔及利亚的库布里。此战双方排出的均为4-2-3-1阵型，攻防节奏很快。一开场比利时即摆出攻击架势，频频向美国队施压。先是奥里奇禁区右侧的射门被美国门将霍华德扑出，接着德布劳内的射门又被美国后卫冈萨雷斯挡出底线。美国队也不甘示弱，在适应了比利时队的进攻节奏后，立即还以颜色。第21分钟，

范比滕与约翰逊争顶

孔帕尼与琼斯拼抢

邓普西禁区边打门，被比利时门将库尔图瓦压在身下。第22分钟，比利时队快速反击，德布劳内禁区外一脚低射，球滑门而出。第25分钟，费莱尼的一次射门被美国后卫比斯利在门线踢出。比利时逐渐占据了场上优势。第28分钟，阿扎尔一记远射又被霍华德压在身下。第45分钟，奥里奇的射门再次被霍华德扑出。上半场双方交战基本势均力敌，比利时稍占上风，有威胁的射门也比美国要多。又是一个0∶0。八场八分之一比赛上半场竟出现了六个0∶0，可谓盾坚而矛不利，尤其是门将们的发挥太出色、太神奇！难道本场比赛又要打到加时赛，打满120分钟？

下半场开球后，比利时继续加强攻势。第47分钟，奥里奇的头球被霍华德飞起用单手托出横梁。此后，比利时一直压着美国打，美国门前险况不断。第55分钟，奥里奇头球打在横梁上。第56、57分钟，比利时球员又是连着两脚射门，但均被霍华德扑出。接着美国队快速反击，险些破门。比利时的场上优势无论如何就是转化不了进球，可谓得势不得分。美国队在德国名帅克里斯曼的调教下再现德国战车的坚固和意大利混凝土式的防守。第68分钟，比利时中场球员维特塞尔禁区外的低射再次滑门而出。第70分钟，邓普西

霍华德多次做出神奇扑救，一战封神

德布劳内攻破霍华德的十指关，一战成名

射门被库尔图瓦轻松拿住。接着奥里奇的射门被霍华德再次扑出。第73分钟，邓普西的一脚远射又被库尔图瓦压在身下。第75分钟，奥里奇的射门被及时出击的霍华德用脚底板挡了出去。第77分钟，孔帕尼头球未进。第78分钟，霍华德又化解了阿扎尔的一次攻门。第84分钟，奥里奇的射门又被霍华德单手打出。第89分钟，孔帕尼的射门再次被本场发挥神勇的霍华德扑出。第92分钟，替补出场的翁多罗夫斯基门前失去绝杀比利时的机会，近在球门咫尺竟将球打飞。比利时全场30次攻门，20次打在门框范围以内，就是不进球，就是杀不死比赛。美国门将霍华德完成11次成功扑救。比利时人就好像得罪了皮球和门框：你射你射你射射射，我挡我挡我挡挡挡，我不进不进就是不进！

　　比赛又进入了加时赛，这已是本届世界杯八分之一比赛中的第五场加时赛。第93分钟，德布劳内终于利用禁区右侧的一记低射为比利时打进一球。比利时主帅韦尔莫茨激动异常！第100分钟，卢卡库一脚劲射又被霍华德化解。第103分钟，米拉拉斯的射门被霍华德没收。第105分钟，卢卡库接德布劳内传球，一脚推射入网，场上比分变为2∶0。第107分钟，美国队刚刚替补上场的19岁小将

卢卡库推射入网

格林进球后庆祝

失望的霍华德

格林灵巧卸球后扫射破门。第110分钟,卢卡库的射门又被霍华德扑出。第113分钟,美国队精妙的任意球配合差一点儿由邓普西将球打进,扳平比分,但被本场同样表现神勇的比利时门将库尔图瓦奋力扑出。比分最后定格为2∶1,比利时时隔28年后挺进八强,正式宣布红魔归来!

感悟:其实不想走,其实还想留!其实是你不想走,其实是我还想留!尽管我在八强预测中没有选择你们中的任何一支球队,但我还是要把最真诚最热烈的掌声献给你们!是你们与八强一样共同诠释了更高更快更强的体育精神!可以说,在本届世界杯八分之一对决中,尽管有走有留,但没有任何一支队伍是失败者!所有离开的球队打得都很精彩,都很顽强,打出了体育精神,打出了坚强意志!骄傲、自豪、荣耀,不仅仅是属于胜利者,也同样属于你们!

德国战队击败高卢军团
——巴西世界杯随笔之十四：7月5日，法德之战

休息了两天，巴西世界杯战火再次燃起。北京时间7月5日零点，巴西世界杯四分之一决赛第一场比赛——法国与德国的对决在里约热内卢马拉卡纳球场展开。法国主帅德尚排出的是4-3-3阵型，德国主帅勒夫排出的是4-2-3-1阵型，老将克洛泽首发并担任单箭头中锋，穆勒、厄齐尔一右一左，担任边锋。德国队长为右后卫拉姆，法国队长为门将洛里。担任本场主裁判的是阿根廷裁判皮卡

胡梅尔斯打入本场比赛唯一进球，法国门将洛里眼望皮球飞入网窝

纳。

哨声一响，德国队即率先发难，开场仅两分钟即在法国队门前制造了险情，并迅速控制住了中场，战火基本在法国队一边燃烧。但法国队很快觅得了反击的机会。第 7 分钟，本泽马一脚冷射偏柱

而过，甚有威胁。第 10 分钟，法国队在德国队门前又有一次很有威胁的射门，可惜又偏出了球门。第 13 分钟，德国后卫胡梅尔斯接 18 号队友左前场任意球一记仰头望月头球破门。第 24 分钟，德比西在禁区内拉倒克洛泽，这是一个明显的犯规，但裁判未判点球。第 32 分钟，穆勒摔倒在禁区。第 33 分钟，法国队 8 号禁区内抬脚扫射，被德国门将诺伊尔单手打出，本泽马的补射又被胡梅尔斯踢开。第 42 分钟，本泽马禁区头球顶在胡梅尔斯身上。第 44 分钟，本泽马的射门又被诺伊尔抱住。

　　下半场开始后，法国队明显加强了进攻，给德国队门前也制造了一定的压力。第 60 分钟，中后卫瓦拉内头球被诺伊尔接住。第 69 分钟，勒夫用许尔勒换下了老将克洛泽。第 70 分钟，穆勒远射偏出。 第 73 分钟，刚上场的许尔勒抬脚射门未中。第 76 分钟，埃弗拉吊射被诺伊尔打开。第 82 分钟，许尔勒的一记劲射被法国队门将洛里用脚挡出，差点儿锁定胜局。第 83 分钟，厄齐尔被换下场。第 85 分钟，在英超阿森纳队效力的法国前锋吉鲁被换上场。第 88

双英战吕布

分钟，穆勒射门打在瓦拉内身上，就是不能扩大比分。补时最后一分钟，本泽马的射门被诺伊尔单手托出横梁，差点儿扳平比分。比分最后定格为1∶0，德国队淘汰法国，率先挺进四强，这也是德国队连续四届进入世界杯四强。

全场德国队打得很稳，很沉着。队员配合流畅，传接球质量较高。相对来说，法国队传球失误较多，脚下功夫稍差，也有多次机会，但就是抓不住，感觉队员踢得有些紧，可能是在比分落后的情况下，心态已经有些乱了，影响了技战术的发挥，尤其是对中场控制不力，只能大脚长传，也没起到多大效果。失中场，失全场，法国的败局已经难以改变了。说起来，在世界杯的赛场上，法国就是迈不过德国这道坎儿，一遇德国就歇菜。1982年、1986年法国队连续两届在世界杯半决赛中都负于了德国，这次又被德国人送回了老家！

感悟：球场如战场。德国与法国这两支实力旗鼓相当的球队的

勒夫与德尚

悲伤的法国球迷

比赛就如同一场战事。结果浪漫多情的法兰西人不敌意志坚定、作风顽强、防守坚固的德意志人。尽管德国队凭着一个定位球取胜有些幸运的成分,尽管法国队全场的射门次数和射中球门的次数还要高于德国队,甚至有机会扳平或将比分超出,但德国队还是笑到了最后。历史往往就是喜欢这样捉弄人。你稍不留神,就会被对手抓住机会,给你致命的一击,你的一切努力也就会跟着化为泡影!

年轻没有失败

——巴西世界杯随笔之十五：7月5日，巴哥之战

北京时间7月5日凌晨4点，巴西世界杯东道主巴西与哥伦比亚的四分之一比赛在福塔莱萨卡斯特洛球场准时开球。此战巴西与哥伦比亚排出的均为4-2-3-1阵型。担任本场主裁判的是西班牙裁判卡巴罗。

赛前，哥伦比亚主教练佩克尔曼在接受记者采访时说：

蒂亚戈·席尔瓦破门瞬间

大卫·路易斯任意球破门

我们已经准备好战斗了，我们对与巴西的比赛充满了信心！我想凡是看过本场比赛的球迷，一定会对哥伦比亚队的顽强战斗精神表示由衷的敬意。正如老帅佩克尔曼所言，他们确实已经准备好了战斗，一来到球场上，他们每一位球员一直在像勇士一样战斗，直到最后一刻、最后一秒！还是让我们回过头来看看他们是如何战斗的吧。

可以说，巴西与哥伦比亚的这场比赛是巴西世界杯开赛以来攻防转换最快、球员跑动时间最长的一场比赛。双方都是志在必得，一个是五冠王欲再次加冕，一个是一匹黑马欲再次创造历史。第4分钟，巴西首先发炮，队内头号球星内马尔任意球打偏。第7分钟，巴西队队长、中后卫蒂亚戈·席尔瓦抓住内马尔为本队争得的一次角球机会将球挡进球门。这也是巴西队获得的本场第一个角球。第11分钟，帕特拉多打门擦柱而出。双方在场上拼抢积极，攻防转换节奏很快。第22分钟，巴西球员又是连续两次射门，一次被哥伦比亚门将奥斯皮纳抱住，一次被其扑出。哥伦比亚门前一时间险象环生，频频告急，场面很是被动。第27分钟，马塞洛禁区边射门打在队友身上。第28分钟，浩克低射被奥斯皮纳倒地压住。30分钟后哥伦比亚慢慢顶住了巴西的进攻。第39分钟，浩克射门打高。第44分钟，

罗德里格斯点球命中

内马尔受伤倒地

内马尔禁区外任意球高出横梁。

下半场,哥伦比亚前锋拉莫斯上场,双方攻防节奏依然很快,但十多分钟内都没有较有威胁的射门。第58分钟,瓜林接罗德里格斯禁区弧传球抬脚射门高出。第62分钟,罗德里格斯任意球打进巴西队禁区,场内一阵混乱,球最后被巴西球员踢开。但巴西后防大将席尔瓦得到一张黄牌,下一场将不能出场。第65分钟,哥伦比亚球员开出的任意球因己方球员越位被裁判宣布进球无效。第67分钟,罗德里格斯也得到一张黄牌。第69分钟,巴西中后卫大卫·路易斯30多米外一记势大力沉的任意球直接破门,将场上比分变为2∶0。第77分钟,罗德里格斯妙传巴卡,巴卡得球后在禁区内被巴西门将塞萨尔出击绊倒,裁判直接判了点球,并向塞萨尔出示了黄牌。罗德里格斯当仁不让地站在了罚球点,骗过塞萨尔,抬脚将此点球命中,打进了他个人在本届世界杯的第六个进球。场上比分变为2∶1,悬念再起,哥伦比亚队也因此进球而士气大振,重新燃起了扳平比分,进而争胜的强烈欲望,发起了一波又一波的进攻,但最终还是没能再改写比分,饮恨赛场,泪洒绿茵!

是役,巴西后卫变前锋,锋无力的软肋再次显露无疑。巴西队

靠着两个中后卫席尔瓦和路易斯的超常发挥，利用一个角球一个任意球两个定位球破门得分，击倒年轻气盛、经验不足的哥伦比亚，但也因此付出了沉重的代价。除后防大将席尔瓦因累积两张黄牌下一场将不能出战外，第88

赛后，阿尔维斯、路易斯安慰罗德里格斯

分钟，巴西当红球星内马尔被哥伦比亚队员祖尼加撞伤后，直接被担架抬出球场，随后被送往医院，经巴西队队医确认，内马尔因椎骨骨裂将提前告别本届世界杯。一役折损两员大将，巴西队损失可谓不小。下一场半决赛面对经验丰富、技术娴熟、发挥稳定的德国队，老帅斯科拉里将如何排兵布阵，桑巴军团还能在本届世界杯上再前行一步吗？不管你们如何看待，反正，我觉得悬，很悬！不是玄而又玄的玄，是非常悬非常悬的悬！

感悟：年轻没有失败！ 在本届世界杯上已经证明了自己、星光闪耀、身价倍增的具有日耳曼血统的罗德里格斯正如他的名字的意思一样，是荣耀的人的儿子。他在赛后接受记者采访时眼含着泪水说：我虽然流下了眼泪，这种结果虽然让我们感到有些悲伤，但我们已经尽力了，我们已经做到了我们应该做到的，我们可以骄傲地离开了！是的，罗德里格斯，你，你们可以骄傲地离开了，你们可以光荣地回家了！你和你的队友流下的是英雄的眼泪，是男人的眼泪！年轻没有失败！年轻没有失败！前途无量的足坛新星罗德里格斯，我们期待你在新的赛场、期待你在下一届世界杯的赛场上能够有更加精彩的表现，给我们带来更多更多的惊喜！

再见，罗德里格斯！再见，哥伦比亚！致敬，哥伦比亚！

经验决定命运
——巴西世界杯随笔之十六：7月6日，阿比之战

　　北京时间7月6日零点，巴西世界杯阿根廷与比利时的四分之一比赛在巴西利亚加林查国家体育场开球。担任本场主裁判的是意大利裁判里佐利。

　　值得一提的是，交战双方首发22人无一人在本国联赛踢球，大多为在英超、西甲、意甲等欧洲球队效力的球员。开场后第4分钟，大神梅西觅得一次机会打门高出。第5分钟，米拉拉斯头球攻门偏出。第8分钟，梅西中场得球后过渡给队友，迪马利亚妙传，小烟枪伊瓜因转身凌空扫射打进一球。这也是伊瓜因在本届世界杯的第一个进球和他在世界杯上的第五个进球。阿根廷依靠前场铁三角的精妙配合取得梦幻开局。第26分钟，德布劳内抬脚射门被阿根廷门将罗梅罗扑出。第33分钟，迪马利亚因大腿肌肉拉伤下场，佩雷斯替换上场。赛场局面一直波澜不惊。第38分钟，梅西在禁区线上被对方球员侵犯，阿根廷获得一个前场任意球，梅西射门稍稍高出横梁。第41分钟，比利时球员头球偏出。第51分钟，伊瓜因射门偏出。第54分钟，梅西任意球打飞。第55分钟，伊瓜因射门打在横梁弹出，比利时门将库尔图瓦惊出一身冷汗。第58分钟，比利时前锋卢卡库上场替下本场表现平平的奥里奇，米拉

小烟枪伊瓜因攻入全场比赛唯一进球

伊瓜因与队友庆祝进球

梅西分别与费莱尼、维特塞尔拼抢

费莱尼沮丧离场

拉斯也被莫腾斯换了下来。第60分钟，费莱尼头球高出。第61分钟，费莱尼再次头球偏出。第65分钟，阿根廷门将罗梅罗化解一次门前险情。60分钟后，比利时队逐渐掌控了中场。阿根廷队的目的很明确，就是全力防守，保住胜果，根本不管场面好看还是不好看。第76分钟，比利时球员的任意球打飞。第81分钟，阿根廷进球功臣伊瓜因被换下。此时，连梅西都常常回到中后场积极参与防守。第85分钟，比利时球员的射门打在阿根廷防守队员身上。第93分钟，梅西50多米外长途奔袭的单刀球被库尔图瓦封住，在西甲和世界杯赛场上，面对梅西，库尔图瓦实现八次零封，让梅西很是没有脾气。第94分钟，比利时中场球员库尔茨一脚射门高出球门横梁。这也是比利时队最后一脚射门。随着主裁判里佐利的一声哨响，全场比赛结束，比分定格为1∶0，阿根廷队时隔24年后再次杀入半决赛。赛后证实，迪马利亚因伤将提前告别本届世界杯。尽管场面沉闷，欠缺激情，但阿根廷依靠丰富的经验和最后30分钟的防守保胜战术取得了本场比赛的胜利。比利时青年军以顽强的表现证明了自己的实力，也给球迷们留下了美好的回忆。

阿根廷与比利时此战也创下了24年来世界杯赛场的一项极为尴尬的纪录，使这场比赛成为1990年以来世界杯淘汰赛上，双方射正球门次数最少的一战！两支球队加起来只有区区三次射正而已。不夸张地说，这场比赛两队门将都实在太寂寞了，都可以有更多的时间在球场上倚着门柱来思考人生了！

感悟： 此战阿根廷赢在经验丰富，比利时输在经验不足。可以说，是经验决定了比赛的胜负，是经验决定了两支队伍的命运。比利时的少帅韦尔莫茨带领的一帮青年军哪是阿根廷主教练、老狐狸萨韦利亚的对手！所以一旦被他抓住机会，取得胜手，你再想翻盘就很难了！干什么事情都要交学费的。本来有望走得更远一些的比利时青年军这次又交了一次学费，同时也取得了应有的经验。相信比利时黄金一代今后一定会在欧洲赛场和世界杯的赛场上取得更好的战绩，带给广大球迷更多的惊喜！

玩的就是心跳
——巴西世界杯随笔之十七：7月6日，荷哥之战

　　一个说，我们就像一支军队，我们会全力以赴，一定要打好这场战役。

　　一个说，我们有明确的目标，我们要专心向着目标挺进，不管别人怎么看我们，一切都不重要，只有获得世界冠军的称号最重要。

　　前面这段话是哥斯达黎加主帅平托说的，后面这段话是荷兰名帅、战术大师范加尔说的。两个人赛前都是信心满满，都是踌躇满志，都是雄心勃勃。

　　但他们两人谁都绝对不会想到，这场比赛，这场战事打得竟然会如此艰难，如此惊险，如此胜负难料！

　　谁都可能突然被一剑封喉，谁都可能突然遭遇致命绝杀，但，谁都不能杀死比赛。7月6日，巴西世界杯再度上演最新悬疑大剧，剧情跌宕起伏、高潮迭起、惊险刺激，扮演孤身救主的绝代英雄、盖世英豪轮番登场表演，惊艳亮相，各有各的独门绝技，各有各的拿手好戏。看得俺怦怦直跳的心想不提到嗓子眼儿都难，看得俺想不为这场剧情如此精彩、如此惊心动魄的大剧击节叫好都不容易！联手担任这幕大剧总导演的是荷兰名帅范加尔和哥斯达黎加老帅平托。

北京时间7月6日凌晨4点，巴西世界杯四分之一比赛的最后一场赛事——荷兰与哥斯达黎加的对决在萨尔瓦多新水源竞技场擂响战鼓。担任本场主裁判的是乌兹别克斯坦裁判伊尔瓦托夫。

赛前，哥斯达黎加主教练平托在接受采访时说，我们已经创造了历史，我们要为祖国和人民而战。哥斯达黎加队在本届世界杯上以防守著称，前四场比赛仅丢两球，成为失球最少的球队。在小组赛中，哥斯达黎加取得两胜一平的战绩，昂首以小组头名出线。在八分之一比赛中，他们又靠点球大战淘汰了希腊，挺进八强，成为本届世界杯上的一匹大黑马。这匹加勒比黑马能否一黑到底，依靠坚固的防守寻机击败本届世界杯上攻击力最强、进球数已达到12个的荷兰？无冕之王荷兰能否力擒这匹黑马顺利挺进四强？究竟是你的盾坚还是我的矛利？屏住呼吸耐心地看下去吧，球员们，不，演员们、勇士们已经一个一个地登场了。交战双方排出的均为5-4-1阵型。看，哥斯达黎加上场的主角依然是门将纳瓦斯、前锋坎贝尔、队长鲁伊斯，荷兰上场表演的主角也依然是大名鼎鼎的范佩西、罗本、斯内德、库伊特、德佩、布林德和门将西莱森。范大将军横刀立马，站于敌阵之前，德佩、罗本左右护持。

荷兰队向来讲究整体战术，实行全攻全守的战法。哥斯达黎加主要还是依靠防守反击，首发阵容一个未变。交战双方你来我往，你攻我守，你方唱罢我再唱，但就如同一幕大剧的垫场一样，开场20分钟竟均无一次射门。直到第22分钟，范佩西很突然的一记近距离射门被已经被球迷们封为门神的纳瓦斯打出禁区，接着纳瓦斯又将斯内德的补射抱住。第29分钟，德佩小角度射门被纳瓦斯倒地踢开。第33分钟，哥斯达黎加球员倒钩射门。这也是上半场哥斯达黎加队唯一的射门。第35分钟，罗本任意球打在人墙上。第37分钟，罗本禁区前被哥斯达黎加球员拉倒，斯内德操罚的任意球攻门又被纳神飞身扑出。第42分钟，纳瓦斯出击在禁区将荷兰球员传球按住。上半场，尽管荷兰球员展现了高质量的技术水平和传切配合，打得赏心悦目，四脚射门全部打在门框以内，无奈纳瓦斯表现太出色，四次化解荷兰必进之球，荷兰人就是不能攻破他的十指关。

哥斯达黎加球迷

下半场第 48 分钟，哥斯达黎加球员传中失误，却阴差阳错差一点儿吊进荷兰球门，被在场上已经闲得无聊、有大把时间可以用来思考思考人生的荷兰门将西莱森接住。第 53 分钟，罗本任意球过渡给斯内德，斯内德一脚将球打飞。感觉双方球员打得都不是很兴奋，激情没有调动起来。一个要守，不敢大举进攻；一个要稳，伺机寻找战机。第 60 分钟，哥队的一次快速反击很有威胁。第 62、65 分钟，哥队连续获得两次任意球机会，但都打高、打飞了。第 66 分钟，哥队前锋坎贝尔被换下场。此间，双方仍然打得慢悠悠的，你不急，我也不急；你在球场漫步，我在球场巡游，场内不时响起嘘声。第 75 分钟，斯内德禁区外头球攻门飞出横梁。第 82 分钟，斯内德一记 26 米外的极其刁钻的任意球打在左侧门柱弹出。第 84 分钟，罗本任意球敲给范佩西，范佩西小角度射门被纳瓦斯打出后，荷兰球员补射再被其扑出。第 91 分钟，本场还是不惜体力满场飞奔的小飞侠罗本在禁区边被哥队球员绊倒，范佩西主罚的任意球又被纳瓦斯击出，范佩西紧跟着补射，球打在站在球门的哥队防守球员身上后又反弹到横梁飞出。哥斯达黎加十分幸运地逃过致命绝杀。

罗本全力拼抢

　　90分钟双方战成0：0，比赛进入加时赛。这是巴西世界杯四分之一对决的第一场，也是仅有的一场加时赛。第94分钟，范佩西头球被纳瓦斯侧身打出。纳瓦斯成为哥队门前一道荷兰人难以逾越的

155

钢铁屏障，也是一道迷人的风景线。第101分钟，已经打急打疯了的罗本连续两次打门均打在对方防守队员身上。第102分钟，罗本主罚的任意球又打在人墙上。第106分钟，范加尔派上替补前锋亨特拉尔，撤下后防线的因迪，意在进一步加强进攻。但他手里还握有一个换人名额，还有一张牌没有打出。第110分钟，斯内德任意球吊到禁区，被纳瓦斯跳起接住。第115分钟，哥队获得了本场第一个角球。第117分钟，鲁伊斯禁区内抬脚打门，被西莱森卧地挡出，全场表现被动、全力防守的哥队竟差一点儿绝杀荷兰。第119分钟，斯内德全场最后一次射门竟然再次击中横梁。荷兰运气实在太差！荷兰队全场20次射门，其中15次打在门框以内，就是怎么也不能打破纳瓦斯防守的球门。第121分钟，战术大师范加尔终于打出了他手中的最后一张牌，派在英超纽卡斯尔联队踢球的荷兰门将克鲁尔替换西莱森上场。意图很明显，派他上场，就是要准备与哥斯达黎加的点球大战。难道老谋深算的范加尔早有预感、早就算出来双

第121分钟，范加尔令旗一挥，"秘密武器"克鲁尔上场换下主力门将西莱森，成为比赛胜负手

点球大战前的哥斯达黎加队队员跪地默默祈祷

克鲁尔两次扑出哥队点球

克鲁尔与库伊特庆祝胜利

方要进行点球大战？临阵换将，尤其是在点球大战前替换门将，并且替换上去的还是一个世界杯开赛以来一分钟都没有上过场的门将，范加尔这唱的是哪出戏呀！克鲁尔就这么让他信任、放心？须知临阵换将可是兵家之大忌呀！谁知他葫芦里究竟卖的是什么药！

　　谁也没有想到，真正的好戏还在后头，全场真正的高潮发生在点球大战，克鲁尔真的是范加尔珍藏的秘密武器！在点球大战中，克鲁尔神奇地扑出了哥队第二和第五个点球。而橙衣军团派出主罚点球的四位球员范佩西、罗本、斯内德、库伊特都是身经百战经验丰富的老将，结果是四罚全中。全场比分最后定格为 4∶3。荷兰淘汰哥斯达黎加，如愿以偿地艰难挺进四强。但，老范玩得真是让人心跳啊！

　　事实证明，范加尔不愧为战术大师。在点球大战前毅然更换门将，有谁有此勇气和胆量，这是何等的勇气和胆量！这真是一次神奇的换人，原来他手中的奇兵就是克鲁尔！在点球大战中，克鲁尔五次扑击全部判对方向。就这五分钟，就这五次扑球，好像他就是专门为这场点球大战而来。一生只为这一天，一生只为这一刻！不知为什么，这时我脑海里响起了童安格的歌声。把根留住！留住我们的根！克鲁尔，是你，在生死大决战的最后关头，挺身而出，拯救了荷兰，留住了荷兰继续前进、争取夺冠的希望，留住了郁金香华丽绽放的胜利之根！虽然上场的时间只有短短的几分钟，虽然你是全场最后一个出场的"演员"，但你不是可有可无、无足轻重的配角，你才是今天这场大剧压轴出场的真正的大主角！你星光闪耀的身影已经留在了这个赛场、这座剧场、这个人生大舞台，并且会让人们久久不能忘记，永远难以忘记！

感悟：是战士就要像战士一样去战斗！纳瓦斯，就是一个这样的钢铁战士！赛后，纳瓦斯再次以其出色、神奇的发挥被国际足联官方评为本场最佳球员。有道是，不要迷恋哥，哥只是个传说。但纳瓦斯，纳哥不只是个传说。纳哥就是一个传奇，纳哥就是一个神，只有他，才拥有神一样的反应，神一样的扑救！纳瓦斯，纳神！不再是一个虚构的传说，而是一个真实的励志故事！在本届世界杯哥斯达黎加队参加的五场赛事中，纳瓦斯把守的球队大门经历三个90分钟、两个120分钟共510分钟的考验，仅失两球，未败一场。曾几何时，你们是那样接近胜利，再次创造历史，实现你们更大的光荣和梦想！虽然你们最后还是跌倒了，但我相信你们一定会再坚强地站立起来，叱咤赛场，再创辉煌！有诗曰：

不管你信不信，
这世界上最富有的人，
是跌倒最多的人。
这世界上最勇敢的人，
是每次跌倒都能站起来的人。
而这世界上最成功的人，
是那些每次跌倒，
不单单能站起来，还能够坚持走下去的人！

希望越大，失望越大：一切皆有可能
—— 巴西世界杯随笔之十八：7月9日，巴德之战

5：0，6：0，7：0，7：1，看到这样的比分，你愣了，我傻了，大家都傻了！你惊呆了，他惊呆了，我和我的小伙伴们也都惊呆了！这是德国与巴西半决赛的比分吗？这是最后定格的比分吗？如果没有看现场直播，不管你信不信，反正打死我我都不会相信！但这一切，却是刚刚发生的球场"惨案"，是活生生的现实！

早上上班碰到一位同事，聊起今晨的赛事，他的一番话简直把我笑叉了小腰：拿起一瓶啤酒，进一个；打开瓶盖儿，进一个；倒上刚喝一杯，进一个；一瓶酒还没喝完，又进一个。刚一看到比分，还以为是在进行点球大战呢，仔细一想，不对，点球大战无论如何也不应当出现这样的比分呀！最多也就是4：1呀！

请再看下面这段儿更有趣的微信段子：凌晨我一没法儿看到巴德比赛直播的朋友私微问我场上比分是几比几，我说德国1：0，刚发出去，德国又进一个，于是赶快又发信息说2：0，才发出去瞬间又进一个，无奈接着补发一条，是3：0，朋友说你大半夜没事儿逗老子玩儿哪！我很认真地回复：真没逗你，4：0。朋友沉默了一会儿，说：兄弟，你可以不这样吗？不就半夜问你一下比分，你没看球也用不着骗我,乱哄老子。我哭着回他:哥,真没骗你,我真是正在看球,是 5∶0。朋友急了:你要是敢告诉我 6∶0 我就抽你丫。我崩溃道:哥哥,7∶0 了,你丫有本事过来?

好,不说别的啦,还是让我们看看比赛进行期间发生的真实情况吧。

北京时间 7 月 9 日凌晨 4 点,巴西世界杯第一场半决赛——东道主巴西与德国的比赛在贝洛奥里藏特米内罗球场打响。赛前,巴西国家队技术总监、曾经的老帅佩雷拉在接受记者采访时说:"我们已经准备得很充分,德国面临的将是一支勇敢善战的队伍。"(不知主教练斯科拉里为何没接受采访,难道他已预感到巴西此战要大比分惨败?)德国队主教练勒夫在接受采访时,针对德国足坛名宿马特乌斯批评德国队本届世界杯踢得有些丑陋的言论,说:"我们拥有超强的精神和坚定的意志,德国队踢得可能不是那么优雅,但

穆勒打入首球

我们不需要优雅。这不是表演,而是一场战斗!我们要发挥进攻的优势全力争胜,对我们来说,胜利比什么都重要!"

此战巴西队排出的是4-2-3-1阵型,德国队排出的是4-1-4-1阵型。众所关注的德国队36岁的老将克洛泽继续首发。当然,球迷们更为关注的是克洛泽能否打破罗纳尔多在世界杯上15个球的进球纪录,以及缺少了内马尔的巴西队将如何战斗。

不知是对自己过于自信,根本没把德国队放在眼里,还是早已制订了猛打猛攻的战术,一开场,巴西队即欲先发制人,进攻甚是积极,想把德国队一口吃下。第3分钟,马塞洛打出的巴西第一脚射门偏出底线。在顶住巴西队的三板斧后,德国队展开快速反击。第8分钟,德国队中场球员赫迪拉抬脚第一次打门,可惜球打在了队友身上。第11分钟,克罗斯开出角球,穆勒甩头攻门,球直挂网窝。第23分钟,克洛泽连续两脚射门,第一次被塞萨尔扑出,第二次补射球又进了。令球迷们非常遗憾的是这次进球后克洛泽没有表演他拿手的招牌式动作后空翻。谁也没有想到这个进球以后巴西人的噩梦才真正开始了。第24分钟,克罗斯大力抽射破门。第26分钟,

克洛泽打入第二粒进球,成为世界杯进球最多第一人

克罗斯两分钟内连进两球

赫迪拉打入第五个进球

克罗斯再进一球。第 29 分钟，中场大将赫迪拉低射进球。第 42 分钟，奥斯卡禁区射门打在德国防守球员身上。上半场巴德对决以大大出人意料的 5∶0 的比分结束。

　　下半场开始后，巴西队的进攻有了一些起色。第 51 分钟，德国门将诺伊尔化解了一次门前险情。第 52 分钟，巴西球员禁区内射门打在诺伊尔腿上。第 53 分钟，巴西球员禁区左侧小角度射门又被诺伊尔打出。真是心急吃不了热豆腐！第 57 分钟，诺伊尔出击再次化解门前险情。第 58 分钟，已经在世界杯上打进 16 球，超越了罗纳尔多的世界杯进球纪录的克洛泽下场。场上顿时掌声、呼声响起，全体向克洛泽致敬！在本届世界杯上表现不俗、崭露头角的许尔勒替换克洛泽上场后，德国队发起了新一轮的进攻。第 61 分钟，塞萨尔飞身单手托出穆勒射门。第 67 分钟，巴西队保里尼奥倒钩射门，

郁闷的巴西队老帅斯科拉里心脏受不了了

怎么会这样！许尔勒进球后，将比分改写为7：0，巴西队门将塞萨尔郁闷至极

皮球擦门而过，很有威胁。第69分钟，许尔勒禁区内推射打进一球，6：0！第79分钟，许尔勒禁区内挑射再进一球，7：0！场内嘘声大起！大局已定，也许是德国队球员们在进攻和防守两端都有所松懈，也许是他们想给在英超、西甲、意甲的队友们留一点儿面子，第90分钟，奥斯卡为巴西队打进挽回颜面的一个进球。比分最后定格为7：1！你傻，我傻，全都傻！

赛后，巴西队场上队长大卫·路易斯在接受记者采访时泪流满面地说："今天是我非常难过的一天，但也让我们学到了很多，在人生中也是这样。我永远不会放弃，我们一定会让巴西人民快乐、高兴的！"世界杯五冠王巴西为什么会遭遇如此惨败？窃以为，一切都是战术失误，开始攻得太猛了，想打德国一个措手不及，一举拿下德国，结果反被德国反手制服，六分钟内连进四球，彻底杀死巴西。其实，比赛在上半场进行到第29分钟时已经结束了！这是因

克洛泽安慰奥斯卡

为内马尔的缺席,还是因为席尔瓦的缺阵?如此大崩盘,溃不成军,如此大比分失利,一切都难以解释,无法解释!如此比分实在令人震惊,实在令人难以想象、匪夷所思!巴西防线彻底崩溃了,巴西人彻底崩溃了!球迷们也彻底看傻了!这是五冠王巴西吗?巴西这下可真是丢人丢到家了,丢人丢到家门口了!

  感悟:希望越大,压力越大;希望越大,失望越大!进而导致心态失衡、战术失策、技术失误、防守失控、赛场失利!说实话,以这届世界杯巴西队的实力,不要说打进四强,打进八强也是勉勉强强,一路磕磕绊绊、跟跟跄跄才走到了半决赛,有很大的幸运成分。且不说小组赛第一场胜克罗地亚就有些胜之不武,八分之一胜智利、四分之一胜哥伦比亚也是赢得极为艰难、如履薄冰,涉险过关。今日,轰隆作响的德国战车如摧枯拉朽般击溃、摧毁桑巴军团,着实令人可怕、令人恐惧。血洗,惨案,崩盘,大崩盘,恐怕用什么样的字眼来形容巴西遭到的这场大屠戮都不为过,也使此战打破、创造了

哭泣的路易斯

多项历史纪录：德国国家队在世界杯赛事中单场进球最多、进球人数最多（五人，且有两人梅开二度）、比分最悬殊、克洛泽打破世界杯进球纪录，同时也是巴西队单场失球最多！事实再次证明：一切皆有可能，一切皆会发生！不管你过去曾经多么荣耀、多么强大，都不能成为你骄傲、自大和轻敌的资本。当你固步自封时，当你裹足不前时，当你还躺在功勋簿上做着黄粱美梦时，别人可能早已大步超越了你，只要长缨在手，何时缚住苍龙，那只是早晚的事儿！今天以后，再不要说你是谁谁谁，或你曾经是谁谁谁，认清你自己，认清现实的你，知道你究竟能吃几碗豆腐，挑几两担子，不再盲目自大，不再盛气凌人，不再忘乎所以，认真分析、研究每一个对手，认真准备战斗，认真打好每一场战役，全力以赴去争取胜利，胜不骄，败不馁，比什么都重要！

幸运之神不会永远站在你这一边
——巴西世界杯随笔之十九：7月10日，荷阿之战

北京时间7月10日凌晨4时，巴西世界杯第二场半决赛——荷兰与阿根廷的比赛在圣保罗科林蒂安竞技场展开。担任本场主裁判的是土尔其裁判恰克尔。赛前，阿根廷头号球星梅西在接受记者采访时说："半决赛即将到来，我目前没有感受到任何压力，我现在感觉到的都是积极的东西，能够成为阿根廷的队长是一项伟大的荣誉，我希望能够给予自己足够的信心，带领阿根廷获得世界杯。"两队历史上曾交锋过八次，阿根廷队只赢过荷兰队一次，1978年世界杯阿根廷队从荷兰队手中抢走了冠军。

也许是头一天受巴西惨败的影响，两队可能都被吓住了，都害怕重蹈巴西大溃败之覆辙。开场后，交战双方踢得都很谨慎，小心翼翼。荷兰摆出了罕见的6-3-1阵型加强防守，阿根廷也是以防守为重。谁都不敢轻举妄动，积极进攻，以防后院失火。双方都在等着对手出错，露出破绽，都在比拼耐心、意志、智慧和计谋。第13分钟，斯内德远射偏出底线，这也是荷兰队上半场仅有的一次射门。第15分钟，梅西禁区弧任意球打门穿过人墙被荷兰门将西莱森抱住。这也是阿根廷队上半场的第一次射门。第45分钟，梅西禁区外右侧任意球打门又被西莱森接住。整个上半场，

荷兰国家队出场球员

阿根廷国家队出场球员

苦战

斯内德、库伊特包夹梅西

弗拉尔点球被罗梅罗扑出

斯内德点球再次被罗梅罗扑出

  两队加起来才总共有四次射门,其中射正只有一次。比赛场面甚是平淡、乏味!

  下半场开始后,荷兰队逐渐控制住了中场和比赛节奏。第50分钟,斯内德任意球高出。尽管场面一时稍显被动,阿根廷队也不着

171

点球淘汰荷兰，阿根廷主帅萨韦利亚激动得振臂高呼

荷兰主帅范加尔失望退场

急。第 63 分钟，荷兰铁腰德容下场。第 71 分钟，阿根廷球员禁区抬脚射门打在防守队员身上。第 75 分钟，阿根廷小烟枪伊瓜因打进一粒很漂亮的越位球。上半场他曾有一脚球打在荷兰队球门的横梁上。比赛一直在小雨中进行。第 82 分钟，阿奎罗上场替下伊瓜因。第 84 分钟，在本届世界杯上表现抢眼的阿根廷小将罗霍一记很有威胁的远射被西莱森接住。第 90 分钟，罗本突入禁区，但在起脚射门前球被阿根廷防守队员踢出。全场阿根廷球员对罗本盯防甚是严密，使其基本无法施展过人、强突、攻击射门的绝技。

比赛被拖入到了加时赛。第 96 分钟，荷兰前锋亨特拉尔替换体力透支的范佩西上场。第 99 分钟，罗本远射被罗梅罗抱住。第 106 分钟，梅西任意球被西莱森双拳打出。第 115 分钟，帕拉西奥禁区突然一记头球又被西莱森接住，差点儿形成绝杀。第 120 分钟，库伊特射门打在防守队员身上。在 120 分钟时间内，双方踢成 0∶0，比赛再次进入残酷的点球大战。结果荷兰队第一个、第三个出场主罚点球的弗拉尔和斯内德踢出的球都被阿根廷门将罗梅罗神勇扑出，

阿根廷球员欢庆进入决赛

  阿根廷球员则四罚全中。比分最后定格为4∶2。阿根廷依靠点球大战非常幸运地战胜荷兰，艰难地进入决赛，将与德国争夺本届世界杯的冠军。

  感悟：德国赢巴西，靠的是实力；阿根廷赢荷兰，靠的是运气。说实话，阿根廷从八强到四强，到进入决赛，一路走来，与巴西一样，也是走得跌跌撞撞、摇摇晃晃，成为本届世界杯最大的幸运儿。进入淘汰赛后，在小组赛中表现神勇的大神梅西也哑火了，三场比赛一球未进。到决赛时，幸运之神还会站到阿根廷人这一边吗？他们能挡住防守坚固、进攻犀利、发挥稳定的德国战车的前进步伐吗？恐怕没有几个人能够相信！须知，德国队可不是一支忽冷忽热、偶尔露峥嵘的队伍，德国战车一旦启动，没有超强的实力，你就别想再拦住它，并且很有可能被它碾得粉身碎骨！一支球队也好，一个人也好，不能总靠运气赢得胜利，获取成功。这个世界上有一个永远颠扑不破的真理就是：幸运之神不会永远站在你这一边！倘若不信，你去问问上帝，看看他是如何回答你的！

日子还要继续进行下去
——巴西世界杯随笔之二十：7月13日，巴荷之战

　　北京时间7月13日凌晨4点，巴西世界杯第三、四名的比赛准时打响。赛前，关于这场比赛，是把它看成荣誉之战还是鸡肋之战，是拼尽全力还是应付了事，球迷们各有各的见解，莫衷一是。

　　开场后，球迷们才突然发现，是役，交战双方尽遣主力上场。只是此战荷兰队中场大将斯内德因伤未能上场，巴西队头号球星内马尔也因伤无力上阵。开场还不到两分钟，罗本接范佩西传球，强力突破，在禁区内被巴西队长、停赛复出的席尔瓦拉倒，裁判果断判了点球，范佩西一蹴而就——还是典型的"贴邮票"式点球。这也是他在本届世界杯的第四个入球。其实，获此点球，荷兰队仅经过了三脚传递，打得非常简洁有效：西莱森后场大脚开球传给罗本，罗本传给范佩西后快速前插，范佩西又迅速将球传给罗本。第8分钟，罗本在与巴西球员对脚时被裁判出示黄牌。从场面上看，荷兰队拼抢非常积极，反击推进很快。第17分钟，罗本将球传入禁区，大卫·路易斯头球解围不远，球正好落在候在禁区的荷兰小将布林德身旁，布林德抓住机会用左小腿将球卸下，抬起右脚打入一球，为荷兰队锦上添花，取得梦幻开局。第38分钟，路易斯开出的角球

范佩西点球命中

布林德打入第二球

从荷兰队门前划过，本队两个队员抢点都没能抢到。第41分钟，范佩西大力射门被塞萨尔侧身压住。第44分钟，奥斯卡禁区弧任意球打在人墙上。

下半场开场后，第50分钟，罗本射门被席尔瓦抬腿挡出。此后，巴西队的进攻渐渐有了一些起色。第60分钟，拉米雷斯禁区线很有

塞萨尔人仰马翻仍被第三次破门

巴西队员失望告别本届世界杯

获得本届世界杯第三名的无冕之王荷兰队

威胁的一记劲射偏过门柱而出。第62分钟,路易斯禁区弧顶任意球攻门被西莱森化解。第68分钟,奥斯卡禁区内假摔,被裁判出示黄牌。第74分钟,罗本杀入禁区后摔倒。第75分钟,浩克小角度射门偏出。第79分钟,奥斯卡禁区内再次打门球又高了。第91分钟,荷兰小将韦纳尔敦推射再进一球。比分变为3:0。第93分钟,荷兰队唯一没有上场的队员、第三门将沃尔姆替下主力门将西莱森登场亮相。至此,荷兰国家队参加本届世界杯的23名球员全部上场。此时,场内嘘声四起,巴西球迷以自己的方式表达了对巴西国家队在本届世界杯上的拙劣表现的不满。巴西国家队因此两场比赛刷新了本队世界杯最多丢球纪录,又是一场惨败。这是巴西队吗?这是桑巴军团吗?而荷兰队则成为在常规比赛时间第一个一场未输的第三名。赛后,荷兰国家队主力前锋罗本被国际足联官方评为本场最佳球员。央视著名评论员白岩松说,我们要从足球、从体育中获得快乐。你可以爱你爱的球队,但不要恨你不爱的球队。

感悟:桑巴军团在自己的家门口成了"伤巴"军团、"丧巴"军团。可以说,防守是其最大的软肋,输就输在防守上,输就输在轻敌上!但是,过去了,一切都过去了,不管什么样的比赛,不管你认为如何如何重要的比赛,无论输赢,无论结果如何,它就是一场比赛,它只是一场比赛,因此,还是应当抱着平常心,不要把结果看得太重!赢了,可以证明自己,为自己挣得荣光;一输再输,天也不会塌下来。不管如何,日子还要继续下去,生活还要继续下去。荷兰球星罗本在赛后接受记者采访时说,我们已经尽力了,我们本来可以进入决赛的,在这支国家队,我感到很骄傲,我们对得起这场比赛,我们配得上第三名的称号。巴西队长席尔瓦和星光已露的小将奥斯卡在赛后接受记者采访时也谈到了挫伤感、耻辱感,表示对不起巴西人民。知耻而后勇!相信巴西球员一定会记取本届世界杯这两场惨败的教训,很快地站立起来,再次向人们展现精彩迷人的桑巴军团的艺术足球。

胜利与成功永远只属于那些有准备的人
——巴西世界杯随笔之二十一：7月14日，德阿之战

翘首以待！翘首以待！熬了一个月的夜，揪了一个月的心，兴奋、激动、猜测、困惑、叫好、骂街，不管这是不是你最心仪的球队，不管这是不是你最期待的对决，莫再说好恶各异，亦无论心情如何，球迷们终于等来了巴西世界杯的决赛时刻。北京时间7月14日凌晨3点，本届

许尔勒与马斯切拉诺拼抢

看谁跳得更高——阿奎罗与胡梅尔斯争顶

世界杯德国与阿根廷的决赛在里约热内卢的马拉卡纳体育场打响。担任本场主裁判的是意大利著名裁判里佐利。赛前，一向滴酒不沾的德国老将克洛泽不无幽默又不失轻松地回答记者的提问道，这就是一场普通的比赛，我不在意多喝一杯，球迷们也就不要在意多看一夜了。

双方历史上曾 20 次交锋，阿根廷 9 胜 5 平 6 负稍占优势。德国队历史上七次杀入世界杯决赛，其中三次夺冠四次屈居亚军。阿根廷时隔 24 年后再次杀入世界杯决赛，此前他们四次进入决赛两次夺冠。巧合的是，1990 年的意大利世界杯决赛，德国正是战胜阿根廷后获得冠军，捧走大力神杯的。

　　此战德国队排出的是 4-1-4-1 阵型，阿根廷队排出的是 4-2-3-1 阵型。德国队克洛泽依然首发出任单箭头，穆勒、厄齐尔一右一左担任边锋。在对阵荷兰时表现尚佳、找回进球感觉的伊瓜因出任阿根廷单箭头。在此最后一战，到底是阿根廷的根挺，还是德意志的志坚，交战双方究竟谁能在球场上表现更加坚挺、进攻更加犀利？究竟谁能笑到最后？

　　令球迷们没有想到并且感到有些失望的是，在这样一场本来应该打得非常精彩、高潮迭起的决赛，场面却是异常沉闷、乏味。交战双方都把重点放在了防守，都要求稳，打得不紧不慢。德国不像德国，阿根廷也不像阿根廷。虽然你来我往，但全场真正有威胁的射门并不多。第 14 分钟，德国队任意球被阿根廷球员顶出。第 21 分钟，德国队后卫回顶球失误，伊瓜因得球后射门偏出。相对来说，从场面上看，德国主攻，阿根廷主守，伺机反击。第 30 分钟，伊瓜因打进一粒很精彩的越位球，暴露出了德国队防线的漏洞。第 32 分钟，在本届世界杯上表现奇佳的德国小将许尔勒上场。第 40 分钟，德国后卫在门线上将球踢出。第 43 分钟，克罗斯射门被罗梅罗化解。第 45 分钟，赫维德斯接队友发出的角球顶在球门立柱。上半场比赛以 0∶0 结束。

　　下半场比赛场面依然沉闷。第 47 分钟，梅西推射之球擦着门柱出了底线。第 58 分钟，克洛泽头球被罗梅罗拿住。第 71 分钟，许尔勒禁区内将球蹭给了对方门将。接着，许尔勒再次射门又被罗梅罗化解。第 75 分钟，梅西左脚打门偏出。第 77 分钟，帕拉西奥替换伊瓜因上场。第 82 分钟，克罗斯禁区弧脚弓推射偏出。第 88 分钟，德国队新秀格策替换克洛泽上场。第 91 分钟，刚上场的格策远射被罗梅罗将球抱住。第 92 分钟，许尔勒射门被挡出。第 93 分钟，

格策绝杀射门瞬间

格策进球后与穆勒飞奔庆祝

极度失望的梅西

阿根廷一似传似射之球横向滑门而过。下半场比分依然未能改变，比赛被拖入了加时赛。

第97分钟，帕拉西奥挑射打偏。第113分钟，离加时赛结束仅剩不到十分钟的时间，眼看双方很有可能进行点球大战以决胜负，这时，格策巧妙地胸部停球再射球进了（这个球是本届世界杯打进的第171个球，也成为了本届世界杯的最后一个入球）。场上比分变为1∶0，德国队领先。德国队此时的进球，无疑是判了阿根廷队的死刑。第122分钟，阿根廷获得一个任意球，这也许是阿根廷扳平比分的最后一次机会，一切希望都寄托在梅西脚下，但梅西却将球踢高了。全场比赛亦随之结束。德国队第四次获得世界杯冠军。

在本届世界杯七场赛事中，德国队进18球失5球，成为进球最多的球队（可见其进攻之犀利有效），成为失球最少的两支球队之一（可见其防守之坚固难摧）。德国队获得本届世界杯冠军可谓理所应当，可谓名符其实，可谓实至名归！同时，德国队门将诺伊尔

格策手举大力神杯，欢庆德国队夺冠

德国队庆祝夺冠

德国队回到柏林后，乘坐彩车巡游，庆祝第四次夺取世界杯冠军

获得金手套奖，梅西获得金球奖，哥伦比亚前锋罗德里格斯获得最佳射手称号。梅西在出席颁奖仪式时，显得甚是郁闷、落寞！2010年世界杯、2011年美洲杯、2014年世界杯，梅西在连续三届大赛的淘汰赛阶段竟然没有取得一粒进球。这个金球奖、这个最佳球员的称号也有点儿安慰之意吧！

感悟：足球不仅仅是一项运动、一种体育比赛活动，它还传递出一种文化、一种理念、一种信仰、一种精神等，并带给人们诸多的快乐和人生感悟，启迪人们通过赛场的风云变幻，正确地对待人生的成败得失、进退荣辱。比如，要想获取胜利和成功，绝对不能依靠一个人单打独斗，也不能把命运系于一个人或几个人身上，更不能把成功寄希望于所谓的好运气之上。不管做什么事，一定要拥有团队意识和团结精神，拥有坚定的意志、顽强的斗志、一拼到底的决心和勇气。当然，更需要拥有超人的能力、实力和毅力，正确的战略、战术和战法，只有这样，你才能成为战神，取得最佳的战绩，创造属于你和你的团队的神话！德国队，正是因为有了坚定的意志、顽强的斗志、严谨的作风、严格的纪律、严密的防守、超强的实力和正确的战术等，才高高地举起了大力神杯，才令人羡慕地一次又一次地举起了大力神杯！尽管曾经有过挫折、曾经遇到过低谷，但他们从未动摇过、放弃过，他们一直在准备着、等待着、努力着，弓张剑拔，蓄势待发！直到最后登顶，傲视群雄！这也正应验了全世界人民都知道的一句老话：胜利和成功永远只属于那些有准备的人！

　　你，是那个有准备的人吗？

附录一
巴西世界杯开幕式、闭幕式美图欣赏

北京时间 6 月 13 日凌晨 2 时,巴西世界杯正式拉开帷幕。美国性感天后詹妮弗·洛佩兹与巴西女星卡罗琳、著名说唱歌手皮普保罗一起在开幕式上演唱本届世界杯主题歌 WE ARE ONE(《我们是一家》)

詹妮弗·洛佩兹身穿性感鳞片短裙激情演唱,并始终随着本届世界杯主题歌的节奏疯狂扭动,引爆全场,成为燃场女王

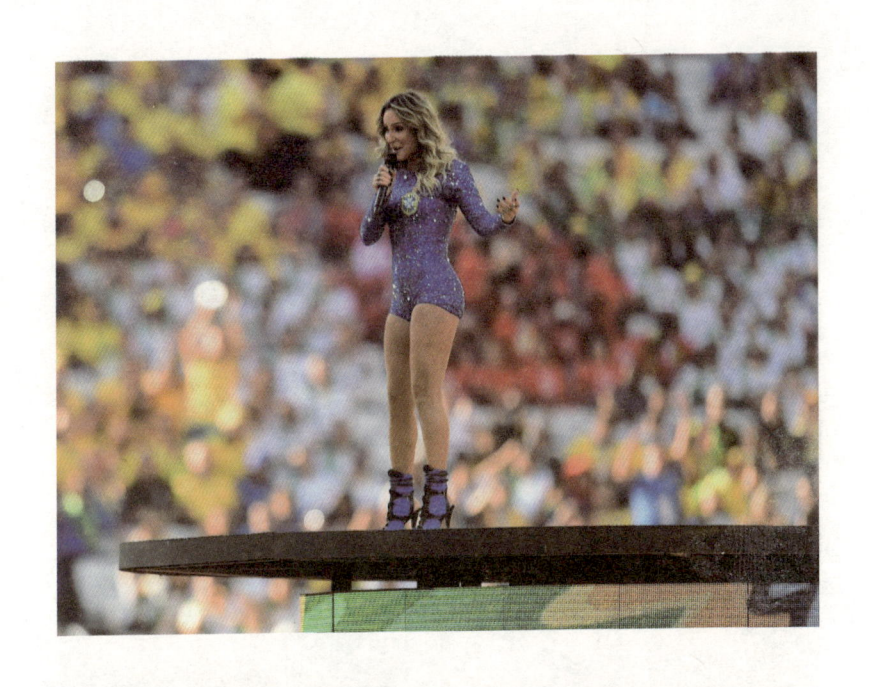

这画面太美，不敢看，真的不敢看，尤其不敢一个人看

开幕式表演现场

哥伦比亚流行天后夏奇拉连续三次出现在世界杯闭幕式上

巴西歌手桑塔纳和伊维特·桑加罗在闭幕式上纵情演唱

闭幕式上带有浓郁巴西风情的歌舞表演

附录二

"举头看足球，低头思管理"
—— 世界杯与企业管理的十个相似点（管理心经）

谨以此文献给那些为实现中国梦而奋斗不息的企业家和职业经理人！

"举头看足球，低头思管理。"企业管理就像管理一支球队，要获胜就要有好球员、好教练、好团队……

1. 教练就是CEO！ 青岛啤酒总经理金志国说："我在青岛就担任着一个教练的角色……"CEO最重要的职责就是团队管理、排兵布阵，知人善任也是教练的首要功课。一旦球队战绩不佳，教练一般都会成为替死鬼，企业更是如此，业绩不好时，更换CEO也是家常便饭。足协也好，俱乐部老板也罢，选择教练也就类似于企业选择职业经理人。

2. 强弱都是相对的，也经常会强弱易势。 足球场上强弱易势、胜败转换，可谓再平常不过的事了。夺冠呼声很高的球队，却经常连小组都出不了线，这样的例子很多。弱队最终夺魁也时有发生，就像丹麦童话和希腊神话。企业经营管理中也要有个好的心态。心态好了，弱势可以变强；心态差了，强势亦会变弱。

3. 大量的训练，才能形成集体间的默契配合。用脑"踢球"的习惯，是在平时的训练中养成的。坚信靠脑力赢，而不靠体力赢。

4. 球队队长大多是中后场球员，前锋很少，企业领导人冲到第一线多有弊端。一支球队中，队长就类似于企业的领导，他们一般居于中后场，可能是后卫，可能是中场，也可能是守门员，因为处于中后场的球员更容易观察场上的形势，从而方便指挥。所以，一般来说，前锋做队长就很少，即使这些前锋很大牌。

5. 即使是后勤服务部门，也要对公司的业务负责。在足球赛中，如果后场球员总是把球一个大脚踢到前场，那这种球队是很难获胜的，同样，这种唐突冒进的管理在企业中也是凶多吉少。

6. 位置问题。足球赛中有很多带有"位"字的高频度术语，比如站位、卡位、越位、换位等。企业里也有一个位置问题。一个企业，它有很多岗位。每个岗位上都有一个人，这个岗位的工作要求就是角色责任。每一位成员，对自己的责任，对自己要做好哪些事，遇到问题之后应该向谁请示与汇报，诸如此类，脑子里都要很清楚。

7. 得势不得分与赔本赚吆喝。得势不得分的尴尬，在足球赛中比比皆是。企业经营中也有类似的情况，比如赔本赚吆喝。这些情况都是很无奈的，有时候不得不归罪于运气。解决办法其实说白了也很简单，就是迅速提高"临门一脚"的质量问题。

8. 犯规有时候也是必要的。足球场上，有的犯规很愚蠢，但也有很多是属于战术性犯规。这样的犯规，不仅不是坏事，而且很有必要，甚至价值很大。这一点很值得企业各级管理人员深思。

9. 换人。球队久攻不下或出现被动局面时，主教练往往会换人，经常也会收到奇效。企业管理中，当一单生意、一个合作项目迟迟谈不下来时，当生产经营计划不能有效推进时，当发现某个岗位人员能力欠缺不能胜任工作时，老板或经理人就要果断考虑换人。

10. 球队板凳球员的深度，如同企业人才储备的深度。不要小看板凳球员的深度，这往往是两支势均力敌的球队遭遇时谁能最后取胜的关键。企业经营也是如此。

附录三

鲁迅、金庸、古龙妙评巴西世界杯（幽默趣文）

巴西世界杯鏖战正酣。都说球场就像江湖，如果是鲁迅、金庸、古龙三位大师来写世界杯，会写成什么样子呢？

鲁迅版

当英格兰的球队遭击败的时候，我独在球场外徘徊。世界杯这玩意儿，我原本是要看的，然而终于没有看。

有一次几个青年相邀看球，兴致勃勃跑到什么园，外面早听到咚咚地响。我们挨进门，见几个红的绿的，簇拥了一个长着络腮胡子的名角，都在那里踢，台下满是许多头。然而我又不知道那络腮胡是谁，便问左边的一位女士。伊很看不起似的斜瞥我一眼，说道："皮尔洛！"我深愧浅陋而且粗疏，脸上一热，想还击几句，然而终于只嗫嚅了几句，飞也似的走了。其实这世界杯有什么可看的呢！曾经阔气的乌拉圭要复古，正在阔气的德意志要保持现状，从未曾阔气的英格兰要革新，大抵如此，大抵如此。

金庸版

且说少林寺前，克洛泽与范佩西决斗，二人翻翻滚滚，直拆了百余招。陡然间"嗖"的一声，范佩西一爪当胸而来，正是"胡、苗、范、田"四大家族之一的范家"虎爪擒拿手"，五指早已按住克洛泽胸口膻中要穴。

"范大哥，好一招'夜叉探海'啊！"苏珊娜拍手欢叫道。

克洛泽脸如死灰，又见苏珊娜望向范佩西的目光中满是崇敬，只觉羞辱至极，大叫一声，横刀便往脖子上抹去。忽然间破空之声大作，一枚暗器飞来，铮的一声，克洛泽长刀脱手飞出，满掌鲜血，虎口已然震裂。他震骇莫名，抬头瞧去，只见一个金发中年男子大步而来，喝道："你有徒弟没有？"

克洛泽甚是气恼，喝道："我尚未退役，何来徒弟？我自愿就死，干你何事？"

金发男子森然道："嘿嘿，你连徒弟也没有，想我大德意志克氏一门代代豪杰，居然至你而绝！"

克洛泽大吃一惊，拜倒在地："前辈莫非就是人称'雷动于九天之上'的克林斯曼师伯？"

克林斯曼昂然道："不错！古来成大业者，哪一个不历尽千辛万苦？马拉多纳有八二之悲，罗纳尔多有九八之恨，倘若都像你一样横剑一割，如何称雄江湖？"

克洛泽悚然惊惧，拜伏在地："晚辈知错了！"

突然，人群中一条光头大汉猛然跃出，一头撞向克洛泽后心："头球仔，我大葡和你仇深似海，我佩佩今日与你拼了！"

只见荷兰阵中也冲出一条黑凛凛大汉，一掌击向佩佩："暗施偷袭？我德容大好男儿，竟与你这种人齐名！"正是"北德容、南佩佩"中的德容。

佩佩回身接了一掌，只震得两臂酸麻，喝道："荷兰老贼如此厉害！"不愿恋战，返身而去。

正是："兵火有余烬，贫村才数家。无人争晓渡，残月下寒沙！"

古龙版

月已淡，淡如星光。

此刻，内马尔正在这样的星光下喝酒。酒是女儿红。他喝得很用心,每一滴都不浪费。

"只有懂得女人和酒的人,才懂得武功。"他经常这么说。内马尔就是一个懂酒的人。忽然,一个全身黑衣的人出现在他的面前,满脸怒容。

"你来了。"内马尔说。

"来了。"黑衣人冷冷地说,"马上就要踢德国了,可是你……"

"你想责罚我喝酒?"内马尔笑了笑,"即便你是斯科拉里,是主教练,但单打独斗的话,你不是我对手的。"

黑衣人斯科拉里看着他,忽然也笑了:"你确定你喝的是酒?"

内马尔的瞳孔猛地收缩:"什么?难道……"

斯科拉里摸了摸鼻子:"没错。这是酸奶。你练的纯阳功不能喝酸奶,所以我事先给你加了一点儿。"

"骗子……"内马尔怒吼着跃起。风吹在他脸上,他忽然觉得秋风已寒如残冬。他想去拔剑,但一阵头晕目眩,咕咚倒地。

斯科拉里大笑,笑得前仰后合,就像是一个孩子。

"我不是骗子。"他喃喃地说,"我只是大自然的搬运工。"

附录四

不屈的河南足球（旧文重拾）

10月17日，是广大河南球迷永远难忘的日子，也是河南球迷最痛苦、最伤心的一天。尽管河南建业队的勇士们经过奋力拼搏，力克重庆红岩队，但赛场上没有鼓声，没有欢呼；有的只是球员和球迷们不尽的泪水和满脸的迷茫与困惑！因为取得最后胜利的建业队竟然被无情地降级了！

回想本赛季初，恐怕谁也想不到建业队会降级，甚至还有不少人认为建业队将是今年冲A的大热门。但联赛结束了，一个残酷的事实摆在了我们的面前——建业队惨遭足坛恶人黑哨的暗算，被人联手整治，生生地被挤出了甲B圈。

我们承认，河南建业队的技战术水平还不是很高，发挥时好时坏，但河南建业队的25分是靠自己的真本事一分一分挣来的，不含一点儿水分，是货真价实、经得起全国球迷检验的。试问：云南红塔队的26分全是靠自己的实力得来的吗？该队主教练一再信誓旦旦地宣称"不做亏心事，不怕鬼敲门""我问心无愧"，真的问心无愧吗？难道不是"此地无银三百两"吗？而成都五牛队的27分又是如何弄来的？大半个赛季都没进几个球，没赢几场球，最后三轮竟像吃了神药似的，突然威猛强大起来，连进九球，连赢三场，这真是中国足坛的奇迹！真是"功夫不负有钱人"啊！

中央电视台著名足球记者刘建宏在看完建业队与红岩队比赛后评论说：在全国足球圈内，像河南建业队这样一心一意、兢兢业业搞足球、踢足球的球队还没有几支。他对河南建业队的降级深感惋惜和无奈。但中国足坛像刘建宏这样的正义之士实在是太少了！

建业队的降级，这是河南足球的悲哀，这是中国足球的悲哀，更是中国足球的耻辱！

可敬的河南建业队！尽管你勇猛无比，尽管你最坚持"公平竞赛"的职业道德，尽管你想凭着自己的实力（而不是靠其他旁门左道）在足坛拼搏打斗，无奈你势单力薄，无奈你手中既无钱，朝中又无人，偏偏你去年又差一点儿冲上甲A，几乎砸了足坛名帅徐根宝的饭碗，让徐大帅在虚惊一场后禁不住要"谢天谢地谢人"，你的实力实在让人不敢小觑；且你又谁的账都不买，见谁都想踢个你死我活，鱼死网破，叫谁见了你玩命的拼劲儿都先惧怕三分，结果招来众怨，不联合整治你整治谁呢？不但让你冲A不成，还要将你逐出甲B。去年和今年甲B最后两轮比赛的种种不正常的情况，想必每一个关心中国足球的人都会明白建业队是如何遭黑手暗算的！

建业队虽然降级了，但我要对建业队的勇士们说的是：河南球迷爱你们的拼劲儿，无论是成功或失败，你们永远是河南球迷心目中的"真心英雄"！

可敬的胡葆森！虽然您对河南足球倾注了一腔热血，慷慨解囊，竭尽财力支持河南的足球运动，苦苦支撑着建业队的大旗；虽然您居港多年，走遍世界也算见过大世面的人，您咋就不了解现在咱中国的"国情"呢？您咋就不知道弯一下腰身给咱中国足协的高官们"上点儿菜、进点儿贡"呢？您咋就不知道安排手下人给那帮只知吃喝玩乐、爱钱如命，昧着良心瞎吹的"黑哨"们搞好赛前赛后"各项服务"呢？尽管这一切小人之举都是您所不屑的，我知道您是一个有血气的中原汉子，您任何时候都不会摧眉折腰以事权贵，但为了河南的足球大业，您真该提着礼物"走动走动"了。

可敬的戴大洪！虽然您智勇双全、知球懂球，既能说又能写，辛辛苦苦为河南足球奔波流汗，出计献策，且你又具侠肝义胆、古道热肠，深受国内足坛正义之士和广大球迷的敬重，但你心直嘴快、口无遮拦，洋洋洒洒两篇"宏文"和在中央电视台说出的心里话却犯了足坛的大忌，惹恼了中国足协的官员大人们和那些爱搞幕后交易的足坛黑势力，必欲将建业队除之而后快！你咋就不知道学学人家陈亦明，一切"尽在不言中"呢？今天你该知道"沉默是金""言多必失"的厉害了吧！

可敬的王随生！您为河南足球的腾飞操劳了大半辈子，殚精竭虑，鞠躬尽瘁，不知不觉间霜丝已经悄然爬上了您的双鬓。只可惜您去年最后一刻梦断沪上，只差一步就率建业队的子弟们冲上甲A，实现河南足球历史上的突破。但我们不怨您，我们理解您，我们深知您能左右您的子弟兵，您却无力左右那赛场内外的"黑手"啊！

可敬的丁三石！您受命于危难之时，率队取得了七战三胜二平二负的佳绩，且连续保持三个主场全胜，但您却无力回天，依然不能使建业队摆脱降级的厄运。我们知道这不是您的无能，不是您的过错，更不会将您当成建业队降级的"替罪羊"。因为您已经尽力了，建业队的子弟们也全都尽力了！在您的指挥下，建业队在最后一战中所表现的顽强拼搏、勇往直前的体育精神，给河南和全国球迷留下了难以磨灭的美好印象。从这最后一战中，我们看到了河南足球的未来，看到了河南足球的希望！

河南是个穷省。我们缺少财大气粗、挥金如土的大财团、大老板，我们更不会将人民的血汗钱花到不该花的地方。诚如俗语所说：人穷志不短！我们河南人敦厚、正直、善良、勇敢，我们任何时候都不会向一切恶势力低头，更不会向足坛的败类们屈服！今天建业队虽然降级了，但我相信河南足球的火种不会就此熄灭，河南足球的大旗不会就此倒下！因为胡葆森不会屈服，戴大洪、王随生、丁三石、宋琦们也不会屈服！

我们坚信：正义终将战胜邪恶。玩火者必自焚，多行不义必自毙。让我们拭目以待中国足协对甲B第21轮几场比赛情况的调查和处理结果吧！那些个无视足球比赛规则和纪律，大搞幕后交易的足坛败类们必将受到应有的惩罚和制裁！

最后，请让我代表河南广大球迷，真诚地向胡葆森先生致敬！向戴大洪先生致敬！向王随生、丁三石、宋琦、毛健伟等建业队的勇士们致敬！

（附记：此文写于1998年10月17日建业惨遭降级之夜，发表于1998年《中州今古》杂志第6期。文中所述足坛丑闻的当事人在十多年过去、真相揭开以后大都已受到了应有的处罚和法律制裁。而河南建业队在二十余年中国足球职业联赛的激烈角逐中，经受住了严峻的考验：三次降级三次来年即打回上一级联赛，并于2009赛季取得中超联赛第三名的好成绩，首次成功挺进亚冠联赛。从1994年至今，二十多年来，抱着振兴河南足球、中国足球的强烈的责任心和担当精神，建业集团的掌门人胡葆森先生一直坚定地高举着河南建业的大旗，使河南建业成为中国足坛仅有的两家没有易帜的职业足球俱乐部之一，从而赢得了全国球迷的尊重和敬佩！）

附录五

中国足协四大"怪论"之批判（旧文重拾）

作为一个球迷，本不该对中国足协各位球官大人们的"高论"说三道四。但作为一个有良知的中国人，在亲眼目睹近年来中国足坛之种种恶行怪状，亲耳所闻中国足协球官大人们之种种奇谈怪论后，如鲠在喉，不吐不快。现将中国足协球官大人们的四大"怪论"罗列如下，请全国球迷共鉴。

一、"要有证据"说 中国是一个法制社会。法制社会最讲证据。没有证据就不能给人定罪，更不能将人绳之以法。可能中国足协的诸公们经过十几年的普法教育，不仅已经不是"法盲"，而且已经是"学法用法"的典型了，要不然怎么会获得"全国体育法制工作先进单位"的奖牌呢？要不然怎么会动不动就振振有词地喝斥愤怒疾呼"假球""黑哨"的球迷、记者以及球队"要有证据""没有证据就要负法律责任"呢？中国足协的大掌柜王俊生如是说，张吉龙如是说，南勇如是说，老谋善断的职业部主任马克坚也如是说。"要有证据"说，如今已成了中国足协球官们的挡箭牌。任你怎么大呼"假球"，任你怎么被"黑哨"所害，大叫冤枉，对不起，空口无凭，要拿出证据来！并且还要拿出"铁证"来！否则你就是胡说八道！如果你再敢喊冤叫屈，小心治你"诬陷"罪！

"证据！证据！"——你害得中国球迷好苦啊！你害得横遭黑手暗算的球队好惨啊！

可是，中国足坛真的没有"假球""黑哨"吗？真的没有有关证据吗？证据一定得要球迷、球队，抑或有正义感的记者去寻找吗？所谓"没有证据"真的就不能判定"假球""黑哨"吗？

10月15日，面对亿万观众，面对中央电视台《足球之夜》记者的提问，马克坚说，还没有明显迹象证明重庆红岩队对云南红塔队，辽宁天润队对成都五牛队这两场球是"假球"。当记者问什么才算是"明显迹象"时，马克坚答：比如自己往自己球门里踢。这种回答真是让人匪夷所思，哭笑不得！难道红岩和天润的球员们真要傻得在众目睽睽之下愣往自己球门里踢球吗？难道重庆大田湾体育场和成都体育场里数万名球迷齐呼"假球""假球"，还不算"明显迹象"吗？眼见不算，耳闻不算，录音不算，抗议更不算，您究竟需要什么样的"证据"，需要什么样的"明显迹象"呢？

中国足协的诸公们啊，鄙人真的不明白你们是"不识庐山真面目，只缘身在此山中"呢？还是被什么蒙蔽了双眼！

二、"国际惯例"说 中国足协是亚足联和国际足联的成员单位，中国足协理应遵循国际足联的章程。尽管中国足球在世界足坛没什么地位，在亚洲足坛也称不上老几，但中国足协副主席张吉龙能弄个亚足联副主席当当，也算人家看得起咱！因此咱更得知趣点儿！虽说中国足球要走向世界还不知要等多少年，还不知要让多少痴情的中国球迷"熬白了少年头"，但"管理"一定要跟上去，一切都得向世界足球看齐，一切都得按国际足联的规矩"照章办事"。对此我们无可厚非，但国际足联的"经"再好，到了中国被一帮不负责任的"歪嘴和尚"一念，也就变了味儿。这就是不伦不类、令人莫名其妙的所谓"国际惯例"。无论是处罚球员、球队，还是教练、裁判，均美其名曰按"国际惯例"办事，好像他们最懂国际足联章程似的。红岩队与红塔队，天润队与五牛队两场比赛，明眼人一看就是"假球"，但南勇、马克坚们仍坚称按"国际惯例"维持原判。

"国际惯例"如今已成了中国足协球官们手中的一把"尚方宝剑"。在下在这里不禁要问问中国足协的球官们,各位大人天天讲"国际惯例",难道按照"国际惯例"就能纵容"假球"吗?就能包庇"黑哨"吗?

三、"中国国情"说　各国都有各国的国情,各国都有各国的球情,中国自然也不例外。比如咱们中国的足球,因为前些年闹动乱,闹灾荒,国人吃饭糊口都成了问题,自然没有多少人去玩球、看球,因此咱中国的足球运动水平自然也就十分低下,直叫看罢世界杯归来的球迷们回国再看咱自己的职业联赛时惊呼"不是同一项运动"。

这些年,改革开放了,国人的腰包渐渐鼓起来了,一些关心中国足球的有钱的大老板们慷慨解囊,树旗拉杆,轰轰烈烈地搞起了职业联赛。但夺冠也好,降级也好,中国足球运动的水平依然是那么低下,中国球员的职业素质依然没见提高。面对明目张胆的"假球",面对肆无忌惮的"黑哨",面对愤怒无比的记者和球迷的责问,中国足协的官员们在不能援用所谓"国际惯例"来搪塞国人时,就挑起"中国国情"这块遮羞布。假球吗?国情使然;"黑哨"吗?国情使然。好像在中国足协官员的眼里,中国是个大染缸似的。什么人到了中国都会踢假球,什么人到了中国都会吹黑哨。而且这全然与中国足协无关,因为有国情决定也。对此难道中国足协真的没有一点儿责任吗?难道真的没有一点儿办法吗?难道中国足协的官员们不该为此集体引咎辞职,以谢球迷和国人吗?

四、"必然现象"说　如今,中国足坛之黑暗,假球之猖獗,黑哨之横行,任何一个有点儿正义感,有点儿良知的中国人都到了忍无可忍之地步。于是球队罢赛,球迷罢看,连中国足坛的"大哥大"、万达队的大老板王健林都愤怒地宣布要退出中国足坛了。但麻木不仁的中国足协及足协的球官们依然我行我素,无动于衷,认为这一切一切的恶行丑事都是中国足球改革进程中的"必然现象"。稍懂一点儿哲学常识的人都知道,所谓"必然现象",也就是"自然规律"。这里我不禁要请教中国足协的官员们,难道中国足球改革进程中真的必然要出现"假球""黑哨"吗?难道"假球""黑哨"的出现,真的是中国足球运动不可避免的"自然规律"吗？

以上所列中国足协官员们的四大"怪论"，对中国足球运动的危害可谓大矣！说轻点儿，这是对中国足球不负责任；说重点儿，这是对罪恶的纵容，是对不法之徒的包庇。这令人作呕的四大怪论，广大球迷可谓深恶痛绝，并为此伤心至极！本人真诚地希望中国足协的官员大人们能正视这一切，能对此有所反思，有所醒悟，能还广大球迷一个公道，能给全国球迷一个满意的答复！

（附记：首先，我要告诉读者们的是，这是一篇发表于十五年前的旧文，请不要与目前的中国足协以及当前中国足坛的现状做过多的联想。本文发表于1998年10月21日、22日《河南商报》体育版。十几年后对南勇、杨健民、谢亚龙等中国足协的败类们的正义的司法审判证明，本人文中所言之中国足坛假球、黑哨猖獗完全属实，并且后来有愈演愈烈之势。现特将本文附录于此，以供读者品鉴。）

后记

工作之余，我比较喜欢看一些体育赛事的直播，尤其喜欢看足球、篮球比赛。但与其说我喜欢看球赛，还不如说我更欣赏的是其中所体现的更高更快更强的体育精神，以及运动员们在赛场所展现的力量之美、形体之美，这才是各种竞技运动的真正魅力所在。从这个意义上来说，竞技运动也是艺术或曰艺术行为，是活生生的人体艺术、行为艺术。我一向认为，各种竞技活动、竞技比赛，不仅仅是一项体育运动、体育赛事，从技术、战术、排兵布阵、临场发挥，到心态、意志、团队精神和教练员的指挥艺术等，我们很有必要上升到竞技美学、运动美学乃至竞技哲学、运动哲学这个层面来观察、思考有关问题，并从中得到有益的人生启迪，正确地看待赛场以及人生的成败进退、荣辱得失。胜不骄，败不馁！打不垮，拖不烂！唯其如此，方能更加有效地提高运动员的竞技水平和竞技运动的观赏价值，向世人展现更加精彩、绝妙的运动之美！

收录在这里的长长短短的文字，都是今夏巴西世界杯期间的急就章，大多是一个资深伪球迷的瞎胡扯！说是"资深"，是因为从1986年以来俺赖好也算连续看过八届世界杯赛事的转播和直播；说是"伪球迷"，是俺平时因为工作比较忙些，对英超、西甲、意甲、欧冠等关注得并不多，只是偶尔观看一些自己认为比较重要的赛事而已。除了当红球星和一些大牌球员，许多球队球员的名字俺都叫不上来。俺就这么随便一写，朋友们也就随便一看吧。俺这是写写玩玩而已，朋友们也就看看乐乐而已吧。因为微信的发明，因为有了可以即写即发的自媒体，俺才草草写下这些文字，从没想过要在报章发表，更没想过要出本书，若是这样，就写不出这样的文字了，就该做作了！什么样的文字？就是率性一些的文字，能够直抒胸臆，不遮不掩，不矫揉造作，也不二货似的大唱赞歌，不管是昧着良心还是发自肺腑！只是这些东拉西扯、杂七杂八的文字，没有文法、没有文采，也没有文韵；没有力度、没有深度，更没有高度。也就是说，既没有多少可资载道的文化价值，也没有多少较为深刻一点儿的思想价值。俺既不能像专业人士那样侃侃而谈，说得头头是道，也不可能像那些职业足球解说员那样口若悬河、妙语连珠，对他们，俺只有羡慕仰慕的份儿！想想那些大名鼎鼎的主播们、嘉宾们、大师们每每口吐莲花、下笔生花，俺真是心跳脸红惭愧得很哪！

  这一个月，白天要工作，晚上要看球，还要写些有关文字，真是够忙乎的。凡是有比赛的夜晚，俺基本上是在沙发上度过的，而有关文字则是在每场赛事之后或下班之后和利用周末休息时间完成的。在此期间，看到俺在微信上发的有关文字的圈里圈外的朋友们一直鼓励俺要坚持写下去，还建议俺一定要结集出本小书。在此，尤其是要感谢中央电视台资深体育记者、著名节目主持人张斌，中央电视台资深足球评论员张路，著名作家李迪在百忙之中挥管为俺的小书作序！同时还要特别感谢俺的大学同学、国际文化学者李登科先生帮俺搜集、插配有关精彩图片。正是因为有了朋友们的鼓励、支持，俺才决定出这样一本小册子。收录其中的文字，俺除改正了个别错别字和俺自己认为的不当之语外，对即时所发微信没做任何增删，粗陋、不妥之处定所难免。

  献丑了，亲爱的朋友们！现丑了，亲爱的读者们！

李梦悟
2014年12月28日于北京